空ある限り

sora aru kagiri

岩切章太郎翁と歩みきて

渡辺綱纜 著

鉱脈文庫
ふみくら
29

目　次

九の章　宮崎を訪れた人、縁を頂いた人　119

第二部　フェニックスの木陰 ― 岩切章太郎翁と宮崎 ―　175

第一部　「空ある限り」

『空ある限り』発刊に寄せて

永　六輔

渡辺綱纜さんの人脈が、高く、広く、深く、読みとれる本である。

それが、縦糸、横糸になって紡ぎだされたのが『空ある限り』なのだ。

故岩切章太郎さんを中心軸にして、幼年時代から、宮交シティリニューアルの今日まで、このまま小説になりそうなエピソードの積み重ねと思いつつ読んでいく内に、学生時代、富士雪夫、草場十美雄といったペンネームで小説を書いていたことを知った。

なるほど！　という文体である。

今まで、渡辺さんのエッセイを何冊も読ませていただいて、達者な筆さばきを楽しんできたが、作家志望だったのだ。

そして、もうひとつ驚いたのは、これまでのエッセイ集が全部自費出版だったということ。

つまり、初めて出版社から印税の入る仕事がこの一冊。

勿論、渡辺さんは多くの作家、評論家との親交もあり、新聞社、出版社ともつきあいがある。

しかも、ペンクラブ、エッセイスト・クラブの会員なのである。実績も知名度も充分なのに、誰にも頼まず自費出版を続ける。そこが渡辺さんなのである。

見事な人脈はつくるがその人脈に頼らない、そこが、渡辺さん流の筋の通し方なのだろう。あらためて脱帽してしまう。

宮交の仕事をプロとして、文章はあくまでアマチュアとして書いてきた。

そしてその文章は、どこかで宮交のプラスになるものばかりである。

渡辺さんはトコトン、宮交の広報担当なのだ。

その広報が、出版社から商品として本になったことに、「オメデトウゴザイマス」。

一の章　韓国で生まれ育つ――私の幼少年時代

祖父は商人・父は小学校教員だった

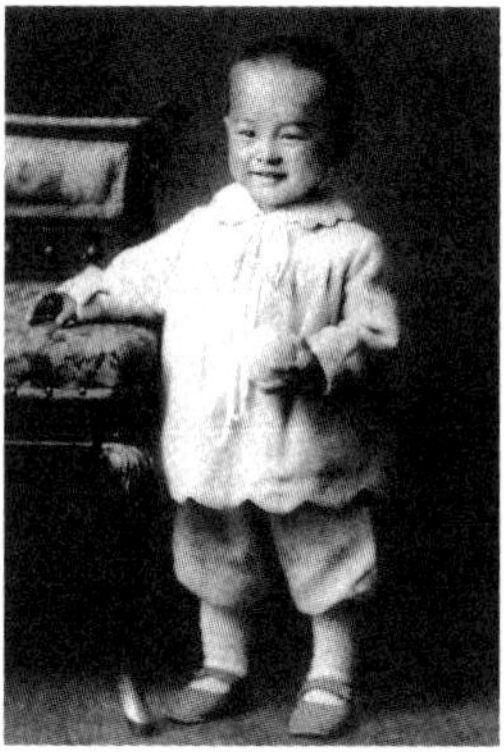
３歳の誕生日の記念撮影
（韓国釜山）

私は韓国で生まれた。そして、八歳になるまで過ごした。いつもニコニコして、人なつっこい性質だったらしい。小さい頃を知っている人たちは、「頭のでっかい子だった」という。

戸籍には、「昭和六年壱月参日、朝鮮釜山府大新町千五十番地で出生。父渡辺一男、母三千江」と記入してある。

父は、小学校の教員だった。祖父の辰

五郎は、宮崎市江平町で紺屋（くやどん。京染物と薬種商）を営み、消防団の小頭などをして、若い頃から将来を期待されていた人らしい。江平町では「渡辺辰五郎か、荒川岩吉か」と、言われていたという。荒川岩吉氏は親類にもなるが、戦後初の民選宮崎市長を二期務めた。

その辰五郎が急死してからは、家業がだんだんと傾き、そのため父は官費で勉強できる宮崎師範学校（現宮崎大学教育学部）を選んで進学した。卒業後は、宮崎市立第二小学校（現小戸小）をはじめ、清武、高岡、佐土原の各小学校に勤務した。

当時の父の教え子たちは、もうほとんどが八十代だが、最近になって私がその息子であるということが分かって、時々訪ねて来られる。私が父にそっくりで、なつかしいというのである。

父の授業は、よく脱線してなかなか面白かったらしい。例え話がうまかったという。面倒見がよくて、「貧乏していて、ノートや鉛筆を先生からそっと買っていただいたのですよ」と、涙ながらに語ってくれた老婦人もいた。

父は、日南市飫肥本町で醤油、味噌、酢の醸造業をしていた石東久吉の二女三千江と結婚した。母は飫肥高等女学校（現日南高校）を卒業して東京の美術学校に入っていたが、故郷恋しさに寮で泣いてばかりいたそうだ。とうとう中退して家に帰ったが、県立宮崎中学校に進学していた兄の林（在学中に病死）が、渡辺家に下宿していたのが縁で父と見合い結婚した。

親子五人、身内も近くに——釜山の生活

父は、結婚後すぐ朝鮮に渡った。祖父の死で借金があり、内地より外地で勤務した方が収入が多いというのが理由だったようである。父が勤務したのは、釜山府立第五高等小学校（二年制）だった。

釜山で、私と、妹の郁子、弘子が生まれた。

父には二人の姉と一人の弟がいた。姉は、ムラ、フミで、弟は三郎だった。フミはやはり教職の中原兵吉と結婚して朝鮮に渡り、馬山に住んでいた。三郎は県立宮崎中学校を卒業すると京城（現ソウル）の京城高商に進学した。そして、京城で菓子製造業を営んでいた真木家と養子縁組し、長女の静江と結婚した。宮崎市上野町の日高家に嫁入りした長女のムラを除いて姉弟二人が既に朝鮮で生活を

していた。

それだけではない。母が結婚して朝鮮に渡ったのが縁で、母の兄石束直も、父久吉の死後に母タネ、妹の久江と共に釜山に来た。そして、私たちとは棟続きの家を借りて住んだ。直は朝鮮信託銀行に勤めて高知県出身の山本静枝と、妹の久江は佐賀県出身の小宮佐留夫と、それぞれ釜山で結婚した。こんなことで、父も母も身内がほとんど朝鮮に集まった。

親子五人の釜山での水いらずの生活は、平和で楽しかった。隣家ということもあって、祖母のタネがいつも来て可愛がってくれた。

母はよく私たち兄妹を連れて国際市場に行った。ニンニクや唐辛子、生魚などの匂いがムンムンする市場だったが、品物が豊富で活気があり、私はその雰囲気が好きだった。

釜山の自宅庭で。親子５人水入らずで楽しかった

ある時、三中井デパートで迷い子になったことがあった。母は慌てて探しまわったそうだが、私はデパートの中を一人でキョロキョロ見物した後、近くの交番に行って母を待っていたという。

昭和十二年四月、私は釜山府立第二小学校に入学した。一年生のランドセル姿もうれしく初登校した私を迎えに来た母から、びっくりすることを聞かされた。

離れ小島へ ── 校長、担任、保護者の父

母は私の顔を見るなり、父が急に釜山と同じ慶尚南道の統営郡蜂谷村立蜂谷小学校の校長として転任することになったと告げた。そして、地図でも見つけ難い離れ小島だと言った。小学一年生の私は、父の転任先が海にかこまれた島というだけでワクワクした。しかも父は、その島の校長になるのである。

「ホント? お父さんは校長先生になるの?」と、私は何度も尋ねた。

あわただしい引っ越しだった。たった一日の登校で、まだ友達もいなかったのでさびしくはなかった。島に行くうれしさだけだった。

蜂谷小学校の全校生と父母（最前列中央の白襟が筆者）

大きな船から小さい船へ何度か乗り換えて、まる一日かかって着いた蜂谷という島は、家もまばらな小さい漁村だった。港もなく、波打ち際にハシケから降りた私たち家族を、全校生徒四十五人が迎えてくれた。韓国人の子もいた。女の先生が引率していた。

女の先生は、父の所に駆け寄ってきて、「お待ちしていました。長谷川局《つぼね》です」と挨拶した。父は私を振り返って、「長谷川先生は、お前の担任だよ」と言った。そして、「三年生と五年生も受け持っておられるからたいへんだ。先生の言うことをよく聞くんだぞ」と、肩をポンポンと叩いた。

私はその時初めて、蜂谷小学校には父とその女の先生の二人しか教師がいないことを知った。子ども心にも三十四歳で父が校長になった意味が分かった。

そんなことで、父は翌日から二年生と四年生、六年生を受け持ち、忙しい校長だった。

翌年四月二年生に進級すると、今度は父が担任になった。だから、当時の通知簿を見ると、校長渡辺一男、担任渡辺一男、保護者渡辺一男と、父の名前が三つも並んでいる。こんなことは、全国でも珍しいだろう。

父は、自分が欠勤すると学校が半分休校になると言って、少々の病気では決して休まなかった。それが結局命取りになった。

父の急死とチロとの別れ

冬の寒い日だった。風邪を引いてかなりの熱があったが、その日も父は学校に行った。

「先生の顔が真っ青です」と、六年生のボク・テイゴウが母を迎えに来た。母はすぐ学校に走った。でも父は帰ると言わなかった。そして教壇で倒れたのである。

病院は巨済島にあったが、あいにくと海が荒れていて医師の到着が遅れた。父は虫の息だった。急性肺炎と診断された。

夜半に母から起こされた。父が呼んでいるというのだ。私は枕元に座った。父は苦しい息の下から、それでもはっきりと言った。

「残念だが、どうも父さんは助かりそうにない。天国行きの汽車は遅い方がよいので普通列車で行くつもりだったが、間違って特急列車に乗ってしまった。早く着きそうなので今のうちに言っておく。どうか正しい立派な日本人になってくれ。それだけが父さんの願いだ。分かったら、もう寝なさい」

それから、数時間後に父は死んだ。

昭和十四年二月十五日、三十六歳だった。

葬儀には、韓国人の父母もたくさん参列した。私の顔を見るなり、わあっと泣き出す人もいた。

チロは父といつも一緒だった
（蜂谷島の釣り舟で）

島と別れる日がやって来た。船が海岸を離れると、ザブンという音がして、「オーッ」というざわめきが起こった。見ると、学校で飼っていた愛犬チロが海に飛びこんだのである。泳ぎながら必死で追いかけてくる。私は「チロ、島にお帰りなさい」と叫んだ。だがチロは、いつまでも、いつまでも追って来た。だんだんと波間に隠れて、そのうちに見えなくなってしまった。船の中で、私も妹も声をあげて泣いた。

昭和四十二年の初夏、私は新聞社の招待で二十八年ぶりに韓国を訪れた。釜山に着いたその日、空はカアンと澄みわたって、どこまでも青かった。小さな浮雲が二つ流れてきた。私はそれが父と、愛犬チロに思えてならなかった。

二の章　「死ぬのはまだ早い」——戦時下の小中学校生活

「チロブジカエル」——宮崎に引き揚げる

釜山で関釜連絡船に乗り換え、下関をめざした。船内には大浴場があり、それが珍しくて、私は父の死も忘れてはしゃいだ。

下関港に着くと、一通の電報が届いていた。蜂谷小学校の後任の校長先生からで、電文は「チロブジカエル、アンシンセヨ」であった。うれしくて、思わず「バンザーイ」と叫び旅の疲れも吹き飛んだ。

今度は関門連絡船に乗り、門司港に着いた。ここでハプニングが起こった。宮崎行の夜行列車が線路事故のため不通になったというのである。私たちはホームで途方に暮れた。

親切な人がいて、駅の近くに知った家があると言って、案内してくれた。縁もゆかりもない私たち親子を気持ちよく泊めてもらった。

翌日、開通した列車に乗って宮崎駅へ着いた。駅頭には、宮崎師範学校の校旗を先頭に、父の同窓生や、親戚、知人が大勢並んで迎えていた。

遺骨を胸に抱いた母の後に続く、私たち幼い兄妹三人の姿は、迎えた人たちの涙をさそったようだった。私たちは、江平町の実家に落ち着いた。

さっそく、母と宮崎市立第六小学校（現江平小）に出かけて転校の手続きをした。二年一組、担任は飯田英雄先生だった。朝鮮の離れ小島から移ってきた私には、学校も大きく生徒も千人からいると聞いて、何もかもが驚きだった。

校長は祖父辰五郎の弟の石井義雄だった。校長先生の親戚ということで特別の目で見られないように、母は「決して自慢してはダメよ」とたしなめた。

男の子ばかりのクラスで元気がよかった。「よく学び、よく遊べ」の雰囲気で、毎日が楽しかった。前の学校には校歌がなかったが、今度はあって、「霧島の峯遠く望み、神武の宮居近く仰ぐ……」と、よく歌った。

三年生に進級した。担任は小玉義憲先生だった。

自作自演の劇――引っ張りあげてくれた諸先生

小玉義憲先生は一見こわかったが、笑うと歯をむき出しにして笑顔がとても優しかった。私は先生を笑わせようと、よく冗談を言った。

ある時、小玉先生から呼ばれた。

「渡辺君、君は前の学校ではなかなか成績がよかったんだね、いつもトップだね」

「ハイ、三番から下がったことはありません」

「ホウ」と、小玉先生が感心した。

「でも先生、僕の学年は、三人しかいなかったんです」

小玉先生は腹をかかえて笑った。

そんな私を、先生は母子家庭ということもあったと思うが、たいへん可愛がってくださった。

夏休みになると、自分の長男と一緒に自転車の前と後に乗せて、よく一ツ葉の

3年1組と小玉義憲先生（先生の右隣が筆者）

浜に海水浴に連れて行ってもらった。松林を渡る風の音や、入江の静かなたたずまいが、今もなつかしく目に浮かぶ。

四年生と五年生の時は、また飯田英雄先生が担任になった。飯田先生は音楽が得意だったが、私は苦手だった。ただ綴方《つづりかた》は好きだった。

四年生の三学期に、お別れ学芸会が学校の近くの宮崎劇場で開かれた。

飯田先生が私を呼んで、「渡辺君、劇の台本を書いてみないか」と言われた。私はその夜徹夜して、「東亜の曙《あけぼの》」という劇を書き上げた。

それは、中国の戦争孤児が日本軍の兵士と仲よしになって、新中国の建設に立ち上がるという当時の時代を反映した軍国物語だった。

飯田先生は、「もう書いたのか」とたいへん喜んで、私を主役に抜擢してくださった。この劇は、児童の自作自演ということで父母たちからも絶賛を浴びた。お陰で、私はモノを書くということがそれまで以上に好きになった。

宮中に入学――学徒動員に汗を流す

少年時代の私は、引っ込み思案だった。体が小さかったせいもあるが、いつもオドオドとしていた。そんな私を前へ前へと引っ張り出していただいたのが、小玉先生であり、飯田先生だった。六年生の時の矢野忍先生はさらに積極的で、学校行事の企画に参加したり、他校との交流に出かけたり、いろいろと意見を発表する機会を与えていただいた。

私が、人前で恥ずかしがらずに何でも話すことができるようになったのは、本当に小学校時代の先生方のお陰だと感謝している。

昭和十八年四月、旧制の県立宮崎中学校に入学した。前々年の十二月八日に、日本は太平洋戦争に突入し、私たちは戦闘帽に巻脚絆という戦時姿で入学した。

県立宮崎中学校の正門。昭和30年代後半までこの姿を留めた

その年発行された校友会誌「望洋」に作文を発表しているが、「東亜は今、夜明けである。世界は日本の色に変わりつつある。全大東亜若人諸君、いざ起て祖国の為に」と、中学一年生ながら、いかにも戦争中らしい激越な文章を綴っている。

満足に授業を受けたのは一年生の時だけで、二年生になるとほとんどが農家の応援、田植え、草取り、稲刈りと何でもやった。赤江の海軍飛行場（現空港）の誘導路作りに汗を流し、学校から飛行場まで約七キロの行程を「花も蕾《つぼみ》の若桜、五尺の命引っ下げて……」と、学徒動員の歌を歌いながらスコップをかついで行進した。三年生になると、今度は川南町に動員された。航空機の燃料にする松ヤニ採取が目的で、生まれて初めて経験する集団生活だった。

私は病気のため、途中で家に帰ったが、その頃、敵機の空襲が一段と烈しくなり、家族は倉岡村倉崎（現宮崎市）の森山さんという家に疎開していた。そこで健康の回復を待ちながら、すぐ前を流れる本庄川で魚を釣ったり、エビをすくったり、戦時下しばしの安らぎのひとときを過ごした。

宮崎大空襲――悪夢のような三日間

川南への学徒動員に出発する数日前に、学校で戦時下最後の試験が行われた。当時私たちは「国漢英数」と言っていたが、四科目だったと思う。毎日のように米軍の爆撃にさらされている時に試験を受けるということが、私には何とも空しかった。

特に英語に対しては反発があった。結局、全部白紙で出した。数学は横山伊勢男先生だった。教室を出る時、先生が答案をチラリと見て「何も書いてないじゃないか」と言われたので、「すみません」と引き返して、思いつくまま歌を書いた。

「国のため何か惜しまん若桜　散りて甲斐あるこの身なりせば」

動員先まで先生が持参された答案には、赤鉛筆で大きく「0（ゼロ）」と採点してあった。そして、歌の横に「馬鹿者、死ぬのはまだ早い」と書いてあった。
敗戦直前の八月十日、その日から三日間、連続の大空襲で、宮崎市内は焦土と化した。

爆弾を投下する米軍機（宮崎日日新聞社刊『特別報道写真集戦後50年』より）

雲一つない青空で、太陽がジリジリと照りつける暑い日だった。倉岡の疎開先から母は、「家のことが心配だから行ってくる」と、妹の郁子を連れて江平町に帰った。昼前、空襲警報のサイレンが鳴り響き、しばらくすると、宮崎市の上空を敵機がまるでハエのように飛び交うのが見えた。間もなく黒煙が上がった。夜は、炎で空一面真っ赤だった。それが三日間続いた。
母も妹も帰って来ない。心配して迎えに行くという私を、祖母セキが泣いて止めた。
夜遅くなって、母と妹は泥まみれになって帰って来た。口がきけないぐらい疲れていた。同じ日、生目村（現宮崎市）の疎開先から、荷物の整理に帰っていた近所の今橋さんという主婦が逃げ遅れて焼死し、また、熊田原さんという老夫婦は防空壕に入るのは見られているものの直撃弾を受け、一瞬にして影も形も無くなってしまったという。

悪夢のような大空襲であった。

そして八月十五日敗戦の日を迎えたのである。

カライモ運動会——忘れられない母の喜びよう。

八月十二日、連続大空襲の最終日に宮中の校舎も焼けた。当時二年生で、学校に残っていた原田解君や松浦治君の話を総合すると、当日一機の米グラマン機が現れ、低空で焼夷弾と油の入ったドラム缶らしいものを落とした。またたくまに火の手が上がり、次々と校舎を焼き尽くした。プールからバケツで水を汲み出して消火に当たったが及ばなかった。最後に武道館が轟音とともに燃え落ちた時、誰からともなく「万歳」の叫び声があがった。そして、「あゝ東海の君子国……」

の校歌が流れた。全員、涙、涙だったという。

敗戦後、焼け残った寄宿舎で、午前と午後の二部に分けて授業が再開された。しかし、陸士、海兵、陸幼、予科練、少飛などから続々と復学してくるので収容力に限界があり、十月から住吉村金吹山の旧陸軍兵舎に移った。宮崎市内から七、八キロもあり、歩いての通学は非常な苦痛だった。

十月十六日、住吉海岸で戦後復活第一回の運動会が開かれた。騎馬戦、相撲、リレーなどがあり、さかんに爆笑が起こって、私たちは平和の喜びをかみしめた。

焼け残った宮中寄宿舎。ここで敗戦後の授業が再開された（『ふるさとの想い出写真集宮崎』より）

私は百メートル徒走に参加した。賞品はカライモだった。農家の父母からの差し入れだった。一等は三個、二等は二個、三等は一個だった。どの組と走ってもよいということだったので、私はできるだけ農家出身者の多い組を探した。その中には後に宮崎市長になった畏友長友貞蔵君もいた。私の予感は的中した。農家出身の者は、カライモの賞品などには魅力がなく、皆ワヤク（手を抜いて）で走った。形相すさまじく必死の勢いで走った私は見事二等でゴールイン、校長先生から赤ん坊の頭ほどもあるイモ二個を頂戴した。大事に持って帰ったが、あの時の母の喜びようは今も忘れられない。

住吉兵舎では、いろんな事件が起こった。米軍民政部の将校がジープで乗りつけ、全校生徒を集めて「諸君は自由である。映画も見てよい。男女交際も自由である」と演説をぶった時には、さすがに騒然となった。

三の章　「文化日本として雌飛せん」

――戦後カルチャーショックのなかで

後藤千秋君――東京からの転校生

米軍民政部の将校が帰ると緊急職員会議が開かれ、翌日「映画観覧と男女交際の自由」が通達された。

さっそく何人かの友人と誘いあって上野町の大成座に行った。映画は幾野通子主演の『ある夜の接吻』だった。看板を見ただけで赤くなり、映画館の前を行ったり来たりした。

私たちの三年C級に、東京の都立八中から疎開してきた色白でスマートな後藤千秋君がいた。彼は人を呼ぶとき「キミ、キミ」というものだから、どうもなじめなかった。そんな彼と急速に親しくなったのは、ある事件からだった。

東京から転校して来た後藤千秋君（宮崎市小島町で）

その頃、上級生の猛者連中による集団制裁が、日常茶飯事のように行われていた。私も何度か呼びだされては鼻血が出るほど殴られたが、いつも泣き寝入りだった。

ある日、後藤君に順番が回ってきた。東京弁が気にくわないと、散々痛めつけられた。その時、彼はドアを蹴破って飛び出し、職員室に駆け込んだ。そして昼休み中の先生方に大演説をぶったのである。

「あなた方は、いま外で何が起こっているかご存じですか。何をのんびりしているのですか」

驚いた先生たちは現場に急行、上級生たちは散々しぼられた。「退学をも辞さぬ厳重処分」の方針が打ち出され、制裁は翌日からピタリと止まった。

後藤君との交遊はそれから始まった。小島町にあった彼の家に遊びに行くと、お母さんがその頃珍しいコーヒーや紅茶に、芋の餡の入った最中《もなか》などを作っていただいては御馳走になった。そして、夕方暗くなるまで語りあった。後藤君の一言、一言が、私にとってたいへんなカルチャーショックだった。

私が、せっかく男女交際も認められたのだから、中学生と女学生が一緒になって、何か文芸雑誌を作ろうと言ったら、後藤君は「おもしろいな」と賛成した。

彗星クラブ――男女交際題材の小説発表

後藤千秋君は、「まず名称を決めよう」と言った。私は、「突然、彗星のように登場するのだから〝彗星クラブ〟にしよう」と提案した。当時宮崎市内には、中等学校が九校あった。さっそく各校の文芸部に趣意書を作って発送したが、反応はいま一つだった。まだ文芸部のない学校も多く、どうも文書が国語の先生に回されて、そのまま机の中に眠っていたというのが実情のようだった。

そういうことで一年近くかかったが、昭和二十二年三月二十三日、大淀の第二高女の教室で発会式を行った。当日集まったのは、宮中が岩切保人、潟山幸雄、後藤千秋、横尾孝、平山正徳、大坪久泰君たち、それに私だった。第一高女が河

人気があった文芸誌「彗星」。
表紙はカラー刷りだった

谷安代、伊藤玲子、本部寿子、後藤和江、第二高女が河谷民子、田草川順子、江陽女が鳥原峰子さんたちであった。

クラブ連絡紙第一号によると、「ここでも日向時間は現出し、予定より遅れること一時間、十一時より欠席九名のまま開催……」とある。そして、四月に第一回の文芸懇談会を開く、五月に「彗星」創刊号を発行する、会費は三カ月ごとに二十円と決めている。

文芸懇談会は、講師に中村地平、神戸雄一、小村哲雄など市内在住の作家、詩人を招いて、文学談議に花が咲いた。

「彗星」は予定通り五月一日に、謄写版ながら表紙はカラー刷りで創刊した。私は草場十美雄のペンネームで「希望」という〝男女交際もの〟の青春小説を書いた。後藤千秋君が保存していたボロボロの創刊号と四十余年ぶりに再会したが、私の小説は恥ずかしいほど幼稚な内容で、文中「彼女は白いズックを、ふんで

（履いて）いた」と方言まる出しで、思わず笑った。

「彗星」は順調に発行が続けられ、女学校では教室内で回覧されるほど人気があった。

山下道也氏（混沌の会主宰）は、「（彗星クラブは）書き手も読み手も、来るべき男女共学への誌上訓練をしていた」と評している。

「桃色遊戯」?!──新聞記事撤回に東奔西走

彗星クラブのことは各方面で話題になり、中村地平氏は新聞の文化欄に「文字通り彗星のように、ユニークな少年少女のグループが現れた」と書き、北九州在住の火野葦平氏も「地方にしては珍しい」と誉めた。

ところがこの年の夏休みも終わる頃、ある新聞にびっくりするような記事が出た。「中学生と女学生が、グループで桃色遊戯」というショックな見出しだった。

それは、別の中学生と女学生のグループで、週に何回か早稲田大学卒業の先輩の家に集まって、英会話の勉強をしていた。ただ、それだけのことだった。だが学校では「火の無い所に煙は立たない」と疑う先生もいた。五年生になって最高自治委員をしていた私は、三年生の新聞部員梶秀俊君と一緒に、急いで新聞社の支局を訪れた。支局では「警察署の少年係で取材した」という。今度は警察署に行った。私は「グループのことを調べたが、皆真面目で成績の優秀な者ばかりだ。（男女が）一緒に勉強することは父母も承知している」と抗議した。少年係の担当官は笑顔で「いや、君の言うとおりだ。ただ、（警察では）毎晩のように未成年の男女が集まっているのが心配だ。近々ダンスの練習を始めるという話もあり、不純行為のようなことに発展しなければよいがと言ったまでだ」と弁明した。

そして、記事を書いたM記者を呼び出してくれた。M記者も「取材不足だった」と非を認め、訂正記事を出すことで一件落着した。

私と梶君は自転車を飛ばして学校に帰り、校長室に行って事の次第を報告した。野村憲一郎校長は「よくやった」とたいへん喜んだ。それにしても「火の無い所に煙は……などと、無責任な先生がいたことは黙っておれません」と顔を真っ赤にして言うと、野村校長は「マア、マア」と笑いながら、「許せ、許せ」と肩を叩かれた。

そんなことがあってから、無関係な出来事ではあったが、彗星クラブに熱が入らなくなった。一年余りで自然解散してしまった。

校内機関紙『弦月湖』――有料で毎月発行

戦後一年を経過した四年生の秋、私は校内新聞の発行を思い立った。新聞部を作ろうと思ったが、学校側から全国的にまだ例がなく時期尚早といわれ、それなら各部合同の機関紙にしようと、弁論部・潟山、文芸部・後藤、横尾、陸上競技部・筒井、古沢、野球部・得能、ラグビー部・河野、園芸部・今西、速記部・西岡の諸君に呼びかけ賛同を得た。皆、四年生である。五年生の有志にも参加を呼びかけたが、卒業も間近かなので「君たちでがんばれ」と言われた。

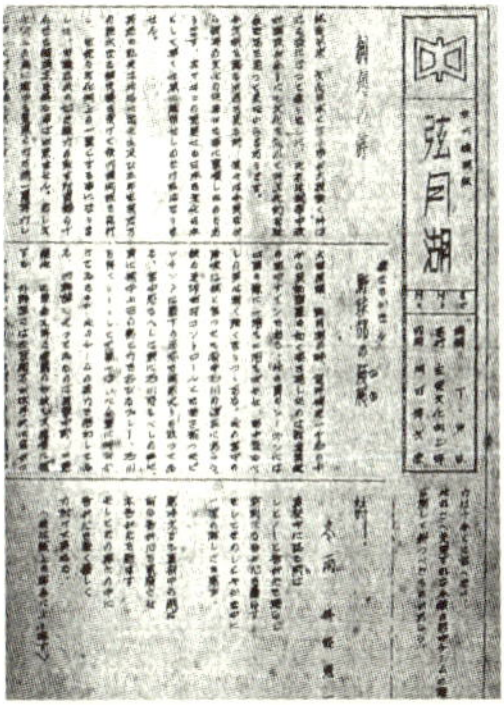
弦月湖

校内機関紙『弦月湖』の第１号。謄写版刷りで２ページだった（写真は第１ページの右半分）

発行所の名称はどうしても必要という

ことになり、「生徒文化向上部」とした。クラブ活動として認められていないので、予算はゼロである。私は「有料で売ればよい」と思った。

こうして、昭和二十一年の十一月十日、校内機関紙『弦月潮』の第一号はぶじ発行された。朝早く校門前に立って、登校する生徒たちに「新聞！　新聞！」と声をかけながら売ったが、二百部があっという間に無くなった。その後教室を巡回したが、どこに行っても、四、五人ずつ固まってはのぞきこむようにして読んでいるのを見てうれしかった。

私は創刊の辞で、次のように述べている。

「終戦以来、文化日本ということが、大変強く叫ばれる様になって参りました。此れは戦争中我が国民が余りにも文化を忘れて、非文化的社会生活を過ごして来たからであります。今文明を誇る米国を見る時、我々は、今更ながら彼等の文化の発達せる事に驚嘆したのであります。我々は此の荒廃せる日本を文化日本として早く世界に雄飛せしめなければなりません。其処で私共は此処に諸先生及び五年生有志方の絶大なる御支援を受けて、校内機関紙を発行し、生徒の文化向上の一翼とする事になりました。（後略）」

校内機関紙『弦月湖』は、毎月十日に発行された。

第三号では、はじめて実施した校内世論調査の結果を掲載している。

校内世論調査――先生の〝人気投票〟も

校内世論調査は五項目で行われた。まずその一は、「世界で君の一番崇拝する人物は」であった。一位は天皇陛下で五十二人、二位は孔子十人、三位・野口英世八人、四位・明治天皇五人であった。当時、天皇制は是か非かの論争が烈しく、校内では圧倒的に天皇制支持の声が強かったが、その影響が感じられる。孔子が二位になったのは、論語の講義の面白い先生がいたのが理由ではないかと思う。

その二は、「君は、如何なる政党を支持するか」で、一位は日本社会党四十四人、二位・日本自由党四十三人、三位・協同民主党十人、四位・日本共産党七人であった。その三は、「男女共学に賛成しますか」で、一位・自由六十六人、二位・不賛成三十三人、三位・大賛成三十一人、四位・賛成十四人であった。

その四は、「今迄に見た映画の中で一番よかったのは」で、一位『我が青春に悔いなし』二十三人、二位『或夜の殿様』十二人、三位『うたかたの恋』七人、四位『真実一路』六人であった。その五は、「君は、どんな書物の出版を希望しますか」で、一位・小説三十一人、二位・科学書九人、三位・哲学書八人、四位・文芸読物五人であった。

4年生の人気投票1位だった、最近の横山伊勢男先生。ニックネームはツンちゃんだった

別に、四年生だけに「校内で一番尊敬する先生」の投票を行ったが、その結果を「ポケットニュース」の欄で「筆頭が古老横山伊勢男先生(数学)、つづいて英語の塩川先生で、第三位が新進の前川先生(生物)であった。」と報じている。

先生方の人気投票をして、校内新聞のニュースにするなど、今では考えられないことだが、当時の自由な学園の雰囲気が偲ばれるのである。

愉快なのは連載小説で、私自らが富士雪夫のペンネームで『マー坊の青春』というユーモア小説を執筆している。第一回は我ながらあまり面白くなく、「次号からはだんだん面白くなります」と予告しているのが滑稽である。その通り面白くなって人気上々だった。

四の章　新聞発行と文化活動——社会に視野を広げて

「望洋新聞」——新聞社をつくり記者募集

宮中の校内新聞は、第八号（昭和22年10月10日発行）から「望洋新聞」と名称を変更した。校友会と同窓会が「望洋」の名称だったので、校内や先輩から要望があり、そう変えたのである。

そして、生徒文化向上部を解散して望洋新聞社を作り、記者募集を行った。「望洋新聞」になってから、内容がぐっと社会的になり、五年生のS・N君と四年生のT・U君が、映画の帰りに辻強盗に襲われ、現金四百五十円を奪われたというニュースなどもある。そして捕まった犯人が県内の中等学生であったことに、大きなショックを受けている。このほか、社会部が霧島に登山してあわや遭

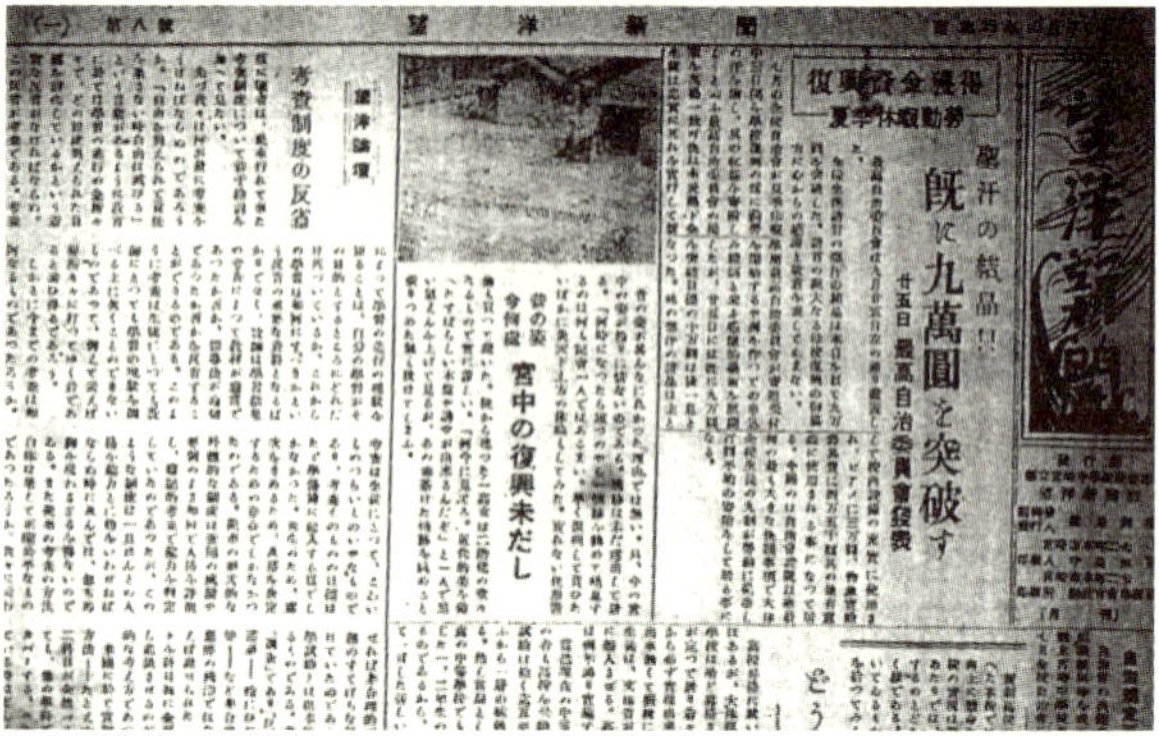
望洋新聞

既に九萬圓を突破す

望洋論壇

考査制度の反省

宮中の復興未だし

トップ記事で復興資金を報じる望洋新聞第８号

難というのもあり、山を甘く見るなと警告している。生物部が延岡市の旭化成工場を見学した記事もある。

活動範囲が広くなったので記者が不足し、何度か追加募集をした。簡単な常識テストと作文、面接だったが、答案には珍解答も多かった。世耕事件という当時有名な汚職事件を「世の中を耕して、明るく立派な社会を作る運動」とか、ジャーナリストを「大規模なストライキ」と、ゼネストと間違えたりするのがいた。

優秀な成績で入社したのに、当時二年生だった赤木衛君がいた。ほっぺたが真っ赤で可愛かった。しかし、編集長の私が原稿にいつも赤をいっぱい入れるのが気にくわなかったのか、すぐ退社してしまった。赤木衛君は、現在は詩人、作家、評論家として文筆をふるい、県内外の講演に飛び回っている。

第八号一面のトップ記事は「聖汗の結晶、既に九萬円を突破す」であるが、これは、夏休みの期間にアルバイトをして、そのなかの三日分の収入を、全額学校の復興資金に寄付しようという、最高自治委員会の呼びかけに対する成果のニュースである。これには、全校生徒の九割が参加し、一人平均百円の寄付をした。それまで学校にはピアノが焼けてなかったが、さっそく中古ピアノ一台を購入し、余った金で物理と化学の実験室まで作っている。

永井隆博士インタビュー——少年記者を特派

「望洋新聞」の活動で、何といっても一番の思い出は、少年記者の県外特派である。

長崎県から転校して来た四年生の平山正徳君が、長崎市で、原子爆弾のため白血病になった長崎医大教授の永井隆博士が、死の床にありながら、幼い二人の子どもをかかえて、ひたすら「原子病概論」を書き続けているという話をした。私はその話に感動し、平山正徳君を少年特派員として長崎市に派けんし、永井隆博士をインタビューしようと思った。一人では心細いだろうと、同じ四年生の児玉彰三郎君も、一緒に同行させることにした。

旅費はカンパを集めて何とか工面した。次は食糧である。ヤミ米を手に入れ、竹の皮に包んだ焼きにぎりめし六食分を用意した。児玉君が「お土産はどうしましょう」と言う。「千切大根とアクマキがいい」と私が言うと、児玉君はそれなら自分の住んでいる文化マーケットで手に入ると買って来た。

以下「望洋新聞」第九号（昭和22年11月10日発行）の平山特派員の記事から、その時の模様を抜すいしてみる。

《……浦上天主堂の向への岡に二軒のバラックがあり、へちまに囲まれた其の一軒が博士の家だった。心臓が弱られたと云ふので息も苦しそうだったが、学生新聞の記者である我々に興味を持たれてか、博士は快く面会して下さった。「宮崎からわざわざ来られたのですか。おいおい困るね。僕は其んなに偉い人間ではないですよ」。枕元の明り窓には、木製の十字架が立てられ、其の

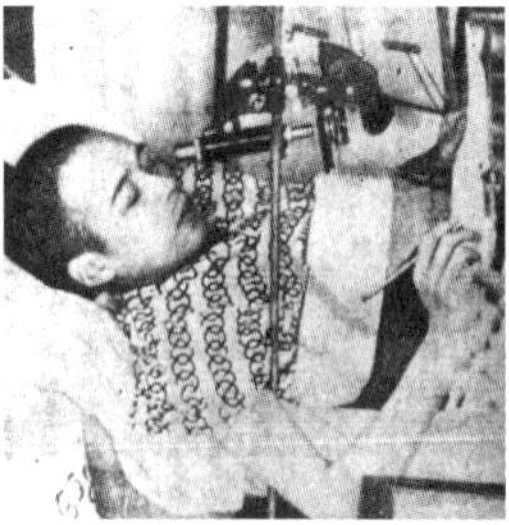

寝たまま自分の血液を調べる永井博士（著書『生命の河』より）

望洋新聞

死の床に綴る原子病概論

白血病と闘う永井隆博士を見舞う

文化學園に贈り物

ブラスバンド

軽音楽部新登場

永井隆博士訪問のニュースを伝える望洋新聞９号

前に石膏の聖母像が置いてある。（長崎港に寄港した）米国船長より贈られたというコーヒーを我々も持て成しにあづかり、一しほ感概深いものがあった。そして、かしこまる記者に「さあ、ゆっくりしなさい。あまり固くなると、ねばる事が出来ないぞ」と如何にも面白そうに笑はれる。之が果して死を目前に控えた宿命の人であろうか。記者にとっては、寧ろ意外であった。……》

随想「へちま」――生と死描いた二編

児玉、平山の両少年記者が博士の家を辞する時、永井隆博士は「一寸待って」と言って、四百字詰のガリ版刷り原稿用紙に感想文を書いて、それぞれ一枚ずつ渡された。

「へちま」と題するそのエッセイは、後に毎日新聞のスクープで全国に報道され、永井隆博士を一躍有名にした。その原稿を、いま原文のまま紹介する。

《児玉彰三郎君へ

へちま　(一)

いつも寝たきりの私をなぐさめるため、教室の若い人々が眼の前に、へちまだなを作ってくれた。夏から秋まで私はそればかり見て暮らした。ちいさなへちまが、たなの上にひっかゝってゐるので、息子がそれを真直にのばそうとしたら折れた。無理をするものではない。曲がったのは曲がったままにぶらさげておくがよい。――へちまは次第に太り、自分の重さで、いつのまにか真直になっていた。》

《平山正徳君へ

へちま　(二)

へちまだなを吹く風がかたくなった。秋づいて葉が枯れそめたのであろう。ぶらさがっていたへちまは、つぎつぎ老いて、すじ張り黒褐色になってきた。

雨にも風にも動かず、たいぜんとして枯れ果てる日を待っている。私から見ると、たゞ秋づくまゝに何もせず死ぬる日を迎えようとしているように見えるが、あの老魚師の腕のような枯れたへちまの中では、繊維網形成の工程が着々と進行しているのであろう。――やがて命絶えたのち、あかすりとなって人々の足うらのあかをすり落とすべき任務にそなえて。》

何というすがすがしい崇高な文章であろう。帰校した児玉、平山両君からこの二枚の原稿を受け取った時、私は血が逆流するような思いだった。

永井隆博士の家には、毎日のように、郵便配達員がカバンいっぱいに詰められた全国からの感動と励ましの便りを配達したという。

火野葦平氏――書籍の多さに驚く

児玉、平山君の長崎特派を決めた直後、副編集長の原田解君が、「私たちもどこかに行きましょう」と言う。「どこに行く」と尋ねたら、父（原田喜一郎氏、元毎日新聞宮崎支局長）が、若松市（現北九州市若松区）に住む作家の火野葦平氏と小倉中学時代の同窓で懇意なので、「文化探訪はどうでしょう」と言った。

それなら、福岡市の修猷館中学が最近新聞部を作ったので、同校との交流も兼ねて行こうということになった。そして、長崎組を第一班、福岡組を第二班の特派ということで、昭和二十二年十月二十九日、同じ日に出発した。

翌三十日、東京から帰って来たばかりの火野葦平氏は、宮崎から来た我々二人を和服姿で温かく迎えてくださった。「書斎で話そう」と二階に案内されたが、四方にうずたかくぎっしりと積まれた書籍にまず驚いた。壁には芥川賞の彫刻がかけられていた。

故火野葦平氏
(宮崎日日新聞社提供)

以下、望洋新聞に掲載された火野氏との対談の模様を抜すいしてみよう。

《――今非常に学生間で読書熱が盛んになって来ましたが、此の読書に就いて何かお話を。

「そうだね。私としてはなるべく広範囲に読書して、其の中から亦特に選んでよく身につける様にしたら良いと思ふね」

――今の中学生の傾向では矢張り漱石の作品が一番読まれるようですね。

「そうだろう。漱石は大人が読んでも君達が読んでも、あるひは年寄りでも大変面白くてよく分かるからね。そして何と言っても無難だね。私の中学生時代は、よく芥川龍之介のを読んだものだ」

――図書館の館長に中村地平氏が就任されて、文学ものが相当ふえ大変喜んでおります。

「ほう、それはい、な。宮崎には中村さんが居るから、どしどし御指導を仰ぐ様にしなさい。元気になられたかな。……」

対談は長々と続き、中村地平氏の近作「義妹」の批評や、宮崎の河童の話、岩戸神楽が見たい……など、楽しい時間を過ごした。》

楽団青い鳥――純益は学校の窓ガラス購入資金に
夏休み中のアルバイト奉仕で、学校にピアノが入ってから、俄然音楽熱が高まった。
宮中の音楽部は、それまでコーラスだけで、それも十人そこそこの小さい部であった。ところがピアノが入って、当時四年生だった小沢泰君が毎日のように練習を始めると、バイオリン、ギター、アコーディオンなどを持った連中が集まり、思い思いに練習をするようになった。英語の土持綱世先生はマンドリンの名手だった。時々顔を出しては皆と一緒に弾いているうちに、「軽音楽のバンドを作ろう」という話が持ち上がった。

「楽団青い鳥」とNHK専属MG唱歌隊の「童謡の集い」
（昭和23年夏、大宮高校講堂にて）

その少し前に、五年生の川崎範秀君や坂元郁夫君を中心にブラスバンドが結成され、運動会の際に校歌や行進曲を演奏して好評だったので、そちらの方にも話を持ちかけ、トランペット、トロンボーン、サキソフォン、クラリネット、ドラムなどの参加を得た。

クリスマスの前に教育会館で発表会を開くことになった。バンドの名前は「青い鳥」にした。譜面台の前につける垂れが欲しかった。朝早く起きると、母が前の日に干した布団のカバーが目についた。失敬して学校に持って行き垂れの形に十枚ほど切った。用務員さんに頼んで染めてもらい、美術部に装飾文字で「青い鳥」と書かせた。なかなか立派なものができたが、母が「夜中に布団カバーを盗まれた」と騒いでいるのを見て、良心がとがめてならなかった。

発表会は大成功だった。「丘を越えて」や「誰か故郷を思わざる」など流行歌ばかりだったがアンコールが出るほど受けた。

「これはいける」ということになり、暮れから正月にかけて、本庄、清武、田野、佐土原と巡業した。軽音楽だけではということで、途中から劇を加え、漫才まで飛び出した。私は司会を務めた。入場料は二十円だった。どこも満員札止めで、かなり儲かったが、純益は全部学校の窓ガラス購入資金に寄付した。

塩川一雄先生――全校挙げて追放を撤回

戦後の宮中での生活で忘れられない思い出の一つに塩川一雄先生の学園追放事件がある。

昭和二十一年五月七日、「教職員不適格者追放に関する勅令」が公布された。戦争中に、軍国主義を特に鼓舞し、推進したと認定された教職員を免職処分にするという法律である。八月二十三日に第一回の教職員資格審査委員会が教育会館で開かれた。

その時、塩川先生が問題になった。塩川先生は宮中に赴任する前、高鍋中学校の校長を務められたが、当時の軍国主義的言動が取り上げられたのである。

しかし、戦争には国民全部が協力したわけで、塩川先生だけに責任を問うのはおかしなことである。不適格になるらしいという情報が入り、宮中の全教職員、生徒が反対した。

塩川先生の英語の授業は分かりやすく丁寧で、生徒たちから抜群の人気があった。人気投票では、横山伊勢男先生に次いで二位だった。人間的にも優しく世話好きで、特に弁論部長として活発に弁論大会や討論会を開き、学園の民主化と生徒の個性を伸ばすことに積極的に寄与された。

そんな先生を追放するとは何事かと、全校挙げて立ち上がったので、その時は何とか無事におさまった。ところが翌年の四月、私たちが五年生に進級した時、今度は米軍民政部から突如として追放されたのである。

再び我々は立ち上がった。最高自治委員を中心に「塩川先生復帰嘆願委員会」が結成され、全校生徒が一人も欠けることなく嘆願書に署名した。文部省にも上告した。父母も立ち上がり、街頭で署名運動を行った。

それだけではない。追放中の塩川先生

生徒の人気抜群だった塩川一雄先生。「ウマさん」のニックネームで親しまれた

の生活を支えようと「塩川英語添削会」を作り、すべてを生徒で運営した。まとまった月謝を、私が代表して先生の自宅にお届けしたが、塩川先生はハラハラと落涙された。

我々の熱意は実り、四カ月後に先生は校門で全校生徒の拍手に迎えられ復帰された。

五の章　男女共学のなかで

――一年間だけの新制高校

新制大宮高校発足――女生徒と緊張の対面

私たちは、旧制県立宮崎中学校の最後の卒業生として、昭和二十三年三月一日に巣立った。第五十六回生であった。ほとんどが新年度から発足する新制宮崎大宮高等学校の三年生に編入されることになっていたので、別離のさびしさも、感慨もなかった。むしろ四月に予定されている宮崎中学校と宮崎第一高女、宮崎商業、宮崎女子商業の四校合併と、その後に実施される男女共学の実施に、関心は高まっていた。

四月二十日に全員登校、新制高校生としてのコースの選択があった。A（政経、二クラス）、B（文学、一クラス）、C（理工、二クラス）、E（一般教養、一クラス）、G

（家庭、一クラス）で、併設中学三年にはＨ（商業、四クラス）があった。

私はＢコースを選んだ。Ｂコースは男女ほぼ同数だったが、Ａ、Ｃコースは男子だけと女子若干名、Ｅ、Ｇコースは全員女子であった。

四月三十日、待望の開校式が宮中で行われた。

二十日の登校日は旧制の宮中生だけで、まだ女学生の顔は一人も見ていなかった。いよいよ女学生と初対面の日を迎えたのである。

校庭にまず宮中生が整列した。異様な緊張の時間が流れた。やがて、セーラー服の大集団が、粛々と入場して来た。校舎の陰から彼女たちの先頭が現れると、一瞬シーンと水を打ったようになった。それが静かなざわめきに変わると、今度は一斉に「ウォーッ」という大きなどよめきが起こった。それは女学生の集団がびっくりして一瞬立ち止まったほどで、何とも説明のつかない大喚声であった。私は、ジャングルの中で吠えるライオンや虎の群れを想像した。

男女共学は、いろいろな変化をもたらした。猛者と言われていた硬派の男子が、とたんにおとなしくなったり、今まで目立たなかったのが、やたらにチョロチョロして饒舌になったりした。「ソリガヨォー」と言っていたのが、「ダッテサー」

になったりした。その点、女子の方がずっと冷静だった。

最高自治委員選挙――〝公約〟は更衣室設置

開校と同時に生徒の自治会もスタート、まず各クラスの学級委員が選ばれ、その中からさらに一人が選出されて全校自治会を構成した。これはさしづめ国会というわけだ。内閣に当たる最高自治委員会の委員は、最高学年の三年生から八人選ばれるが、立候補制で全校生徒の直接選挙だった。

まず選挙管理委員会が設けられ、三年生の高見清暉君が委員長に選ばれた。彼は延岡中学からの転校生だったので公平だろうというのが選ばれた理由だった。

五月三十一日に告示が行われ、十一人が立候補した。

宮中時代に最高自治委員長を務めた大久保政利君が受験勉強に専念するということで、その代わりに私が委員長をめざして立候補した。そのためにはぜひ上位で当選したい。私は女子の票を集めるにはどうしたらいいかと考えた。

その頃、体育の時間になると女子は更衣の場所がなくて困っていた。男子を外に出し、机と机の間で恥ずかしそうに着換えていた。

私は「当選したら、かならず更衣室を作ります」と約束した。これには反響があった。

立会演説会も行われたが、その時の模様を、横山伊勢男先生は「男女交互に登壇、演説ぶる様は、流石に男女共学特有の風気なり」と日記に書いておられる。

六月五日、午前八時より投票が行われ、九時半には終了、すぐ開票が行われたが、速報板の前は黒山の人だかりだった。選挙は二名連記で、一四五〇人が投票した。投票率は一〇〇パーセントに近かった。

私は九三二票を獲得して最高点で当選した。二位の入江正国君が三九四票だから圧倒的な勝利だった。

盟友田中稔君（元広島県副知事・現広島空港ビル社長）は、四位で三三〇票だった。このほか中田昭雄、河谷安代、杉田美代子、松井憲一、落合恵子さんたちが当選した。そして、私は互選で新制高校初代の最高自治委員長に選ばれた。

開校記念祭で３年Ｂ組は、英語劇「金持の客」を演じて好評だった

最高自治委員当時、前列が私、後列左が田中稔君、右が選管委員長の高見清暉君

三年Ｂ級

——男女半数ずつでまとまりよく

大宮高校の一年間は、あっという間に過ぎた。私たちの三年Ｂ級は、男女半数ずつということもあって、まとまりがよかった。男子では石谷章夫、伊黒昭文、作前哲郎、中村義郎、岩切保人君たちが中心となり、女子では田原ヒサ、二見郁子、川野キヨ子、安藤恵美子さんたちが世話役だった。男女の仲がよくて、他のクラスから羨ましがられた。授業中に天井裏からバケツで水をまかれたこともあった（犯人は男子ばかりのクラスのK君他二人

だった)。

私は、最高自治委員長と、宮中時代からの引き継ぎで新聞部(ようやく部として認知された)をはじめ、文芸部、弁論部の面倒も見なければならず、あまりクラスにはいなかった。

九州高校新聞連盟(本部・福岡県立修猷館高校)も結成され、副委員長に推されたので県外出張も多かった。福岡市の西日本新聞社寮や阿蘇の内牧温泉で、合宿の編集講座なども企画して参加した。

そのほか「楽団青い鳥」が流行歌を演奏するということで音楽部に入れてもらえず、新聞部の専属とした。そのため資金稼ぎの巡業などもしなければならず、結構忙しかった。

「楽団青い鳥」は、生みの親の土持綱世先生が妻高校の校長になられたこともあって、同高校の講堂でも公演した。この時の進行役が妻高一年の中村浩君(フェニックスリゾート副社長)だった。飛び入りで歌った妻高二年の武中はじめ君が「バンドの伴奏で初めて歌った」と、ご機嫌だったのを覚えている。

私にとって、大宮高校の一年間は本当にバラ色だった。先生方も協力的で、自由に泳がせてもらった。授業にはあまり熱心でなく、公務（?）で欠席することも多かったので、決していい生徒ではなかった。

しかし、開校したばかりの新制高校で、先生も生徒も「何を、どうしたらよいか」と迷っていた。自分たちで歴史をつくっていくのだ、という気概だけは持っていたと思う。

さようなら弦月湖――東京への憧れ

新制高校第一回生として巣立つ日が近づいた。宮中の卒業式では、旧制中学最後の卒業式という感慨よりも、新制高校への期待と憧れが強く、友や先生との別離もなかったので、緊張感がなかったように思う。

しかし、今度はいよいよ多感な青春時代を過ごした学び舎との訣別である。特に六年間、朝な夕なに見慣れてきた弦月湖への愛着はひとしおだった。私は弦月湖の池畔にたたずむことが多くなった。

春は若草萌える堤に寝そべり、夏は蝦蟇《がま》の子の大群が運動場を真っ黒にするほ

６年間の青春を過ごした思い出の弦月湖

ど上陸して来るのに驚き、秋はハゼの木の紅葉に青春の愁いを慰め、冬は名も知らぬ水鳥の飛来を眺めながら、やがて訪れる進級や卒業を控えて、級友や先輩、後輩との別れを惜しんだ。

年が明けて、私は、はじめて進学のことを考えた。

授業をおろそかにし、まして受験勉強などは何もしていない。新制大学もどういう形になるのか、国公立大学についてはまだ全貌が見えない。旧制の私立大学だけが、新聞で入学募集を行っている状態だった。

私はまだ見ぬ東京へ憧れていた。

修学旅行もなかったし、受験という名目で一度でもよいから上京したかった。しかし、家庭の事情もある。父の亡き後、母は細々と、酒類、日用雑貨、食糧品の小さな店を営んで家計をつないでいた。私は、思い切って母に話した。

母は意外にも賛成した。合格するはずはないから、社会人になる前に東京見物をさせてやろうという親心だったのだろう。泊まる所もなかったが、幸い母の従弟で、幼い頃一緒に住んでいたという日南市飫肥本町出身の坂本清作が、復員して東京都港区西久保巴町の日本衣料加工という会社に勤めており、その社長宅(日南市出身)の一室に寄宿していたので、そこに転がり込むことになった。

六の章　人とのふれあいと縁——青春を謳歌した大学生活

中央大学の正門（昭和24年、神田駿河台）

中央大学受験——「運」を頼りに上京

大学は、中央大学を受験した。当時、東京の私立大学では中央大学が一番授業料が安かった。別にそのために大学を選んだわけではなかったが、もし運よく進学できることになった場合、母を説得するためにも、できるだけ、負担が軽い方がよいとは思った。それと旧制宮中の先輩で、ベルリンオリンピックで活躍したマラソンの村社講平選手が卒業した大学であることも小学生の頃からよく知っていた。また同じ先輩で「人間弾丸」と言われた短距離の仁田脇功選手が在学中であり、同期の原昱郎君や萩原利政君も予科に進学していたので心強かった。

進学指導はほとんどなかったので、三年B級担任の荒木茂先生に相談したら「法学部がいいでしょう」と言われた。聞くところによると、大久保政利、斉藤秀人、久田博之君たちも中大法学部志望という。三君はいずれも陸軍幼年学校帰りで、成績トップ組である。「やめようか」とも思ったが、荒木先生の「渡辺君は運がよいから、ひょっとしたら、ひょっとですよ」という励ましとも、慰めともつかない言葉を頼りに受験を決めた。

宮崎駅から夜行列車で出発したが、家族、親族に先輩から後輩まで三十数人が見送りに来て、万歳三唱まであり、まるで外国にでも出発するような盛大な光景だった。新聞部の特派員として、高瀬荘太郎文相と安部能成学習院長をインタビューする二年生の山内一正君も同行した。

車中の弁当五食分のほかに、滞在中の食糧として米三升（十日分）を持参した。そのほかに、茶、ソバ粉、スルメ、イリコ、昆布など、手に入るだけの食品を集めてトランクに詰めこんだ。

東京駅には、母の従弟の坂本清作と、一年先輩で早稲田大学の高等学院に進学していた森崎成雄さんが迎えに来てくれた。森崎さんにトランクの中からスルメを二枚取り出して「お土産です」と差し出した。森崎さんは目を白黒させていた。

卒業と合格――前代未聞の祝電と「カネオクレ」

入学試験は終わった。終わったとしか書きようがない。惨たんたる有り様だった。勉強不足を思い知らされた。しかし、好きなことをやったのだ。後悔はしなかった。もう一度荒木先生の「ひょっとしたら、ひょっと」の言葉を思い出し、運を天にまかせることにした。

三月八日は大宮高校の第一回卒業式だった。朝早く目が覚めた。クラスメートの顔が次々に浮かんだ。卒業式に出られないことが、さびしくてならなかった。じっとしていられず、郵便局に走った。頼信紙をもらって、野村校長宛に電文を書いた。「ソツギョウシキニシュッセキデキズザンネン、ハルカニボコウノゴハッテンヲイノル」

私の祝電は、学校でも話題になったようだ。卒業する本人が祝電を打つなど、前代未聞のことだろう。野村校長は、「ツナトモ君らしいね」と言って笑われたそうだ。

MG唱歌隊と筆者。前列左から二渡再生子、中留澄子、内藤美佐子、筆者、後列麓慶子、中留民子の皆さん

卒業式には母が出席した。優等生の表彰は廃止されて、自治、文化、スポーツ三部門の各功労賞が制定された。私は自治功労賞を受賞した。

ひょっとすれば、ひょっとの結果が出た。お陰で合格、晴れて中央大学法学部に入学が許可された。すぐ母に電報を打った。「ゴウカク、カネオクレ」であった。

母の喜ぶ顔より、困惑した顔を想像した。電報為替が届いた。入学金と一学期分の授業料を納めて、余った金で角帽と帰りの切符を買った。

宮崎駅には角帽をかぶって降りた。角帽だけが目立ったのだろう。迎えた母と妹が、思わず吹き出した。

うれしかったのは、「楽団青い鳥」で一緒に巡演したMG唱歌隊の二渡再生子さんや、麓慶子さんたちが出迎えてくれたことだった。翌日、皆で記念写真を撮った。なつかしい一齣《こま》である。

横須賀に下宿――四畳半で親友と自炊

進学は決まったが、住む所が問題だった。当時の東京はまだ戦災から復興の途中で、焼け跡があちこちに残っており、住宅は極度に不足していた。

幸い、二渡再生子さんの叔父上が横須賀市に住んでおられて、その隣の大脇さんというお宅を紹介してもらった。六畳と四畳半、三畳の三部屋しかない小さな家だったが、その四畳半を借りることになった。

一人ではもったいないということで、法政大学の文学部に進学した三年B級時代の親友中村義郎君と一緒に住むことにした。自炊生活だった。

　大脇さんの家は未亡人の家庭で、三越に勤める長女と、高校三年の長男、小学六年の二女がいた。それに八十歳のおばあさんがいた。親子四人が六畳に、おばあさんが三畳に寝て、四畳半を私たちに貸してくれたのだから本当にありがたい話である。

通学の途中に朝夕眺めたニコライ堂

　宮崎から荷物を送る時、近所の大工さんにしっかりした箱を作ってもらい、それを机代わりにした。電気スタンドだけは、中学時代から愛用していたものを、大事に風呂敷に包んで持って来た。

　下宿は高台にあって、眼下に横須賀港が一望できたが、アメリカの軍艦ばかりで、敗戦の現実を見せつけられた。

　自炊生活最初の夜は、ヒジキの御菜《おかず》だった。油揚げと千切大根を入れて煮染《にしめ》にして食べた。

結構美味しかった。ヒジキは横須賀の名産で、それからよくお土産に持って帰った。

横須賀線の電車で御茶の水の大学まで、毎日二時間近くかかって通学した。大学のすぐ隣に、有名なニコライ堂があった。その荘重な建築美と鐘の音は、今も私の胸に強く焼きついている。せっかく大学に入ったのだ。今度こそは脇目もふらずに勉強するぞ、と心に固く誓ったのだが、やっぱりダメだった。

新聞学会へ――圧倒された海部元総理の弁論

大学の構内には、大きな掲示板があった。ある日、「雄弁の志よ来れ」という辞達学会（弁論部）のポスターが目についた。

大講堂の中に部室があるというのでのぞいてみた。一人の学生が角帽をかぶったまま、目をつぶり、腕組みをして座っていた。

六月二十三日、中央大学の大講堂で「第二回総理大臣杯争奪全関東大学高専雄弁大会」が催された。各大学、高専から選抜された弁士がそれぞれ熱弁をふるったが、三千を超す聴衆のやじと怒号でほとんど聴き取れなかった。

中央大学の代表として出場した学生の顔を見て、私は「おやっ」と思った。部室で一人腕を組んでいたあの学生である。演説が始まると場内がだんだんと静かになり、今度は割れるような拍手に変わった。間の取り方のうまい、説得力のある、力のこもった名演説だった。見事に優勝して総理大臣杯を獲得した。

その学生こそ、専門部法科二年の海部俊樹さん、後の内閣総理大臣、その人だった。海部さんは昭和二十六年三月に旧制の中大専門部法科を卒業、翌二十七年四月、早稲田大学の新制法学部三年に編入し、雄弁会に入った。昭和二十九年三月に同法学部を卒業した。海部さんは、私とは生年月日が一日違いで、昭和六年一月二日の生まれだった。

私は、海部さんの演説を聴いてから自信がなくなり、辞達学会への入部を断念した。

その代わり、新聞学会の入部試験を受けることにした。国際法の権威として有名な田村幸策教授が部長で、直接に面接があったが、その夜、教授から下宿宛に電報が届いて、合格を知らされた。

編集長は法学部の先輩だったが、「君一人を入れたんだ」と言って、すぐ取材を命じられた。取材が終わって帰って来ると、今度は中野まで、商学部教授の家に原稿を取りに行かせられた。それで終わりではなかった。もう一度、神田の出版社に原稿の校正刷りを届けさせられた。クタクタに疲れてしまった。

夜、横須賀線の電車の中で「いったい何のために大学に入ったのか」と思いながら、下宿に戻った。

学生食堂で――忘れられない一コマ

新聞学会の仕事の合間に、時々授業に顔を出すというような毎日が続いた。唯一の楽しみは、図書館の地下にある学生食堂で、外食券を使って食事をすることだった。

ある時、私の前に下駄履きの学生が座った。弁当持参だった。蓋を開けたのを見ると白い飯だけで何も入っていない。学生は目の前に置いてあるソースを取ると、飯の上からたっぷりとかけた。箸でかきまわしてうまそうに食う。全然悪びれた様子がない。私はあっけに取られて眺めていた。食事が終わると、彼は空の弁当箱にパンパンと柏手《かしわで》を打った。そして風呂敷に包んだ。強烈な印象だった。立ち上がる時に目があった。彼はニコリと笑った。私は思わず頭を下げた。あの学生は、その後どうなったであろうか。

新聞学会に入部してから、横須賀からの通学が辛くなった。中村義郎君があちこち探して、巣鴨の下宿を見つけて来た。部屋代が高かったが移ることにした。早いもので、一年が過ぎた。後輩たちが続々上京して来た。ピアノの小沢泰君は音楽学校に行くのかと思っていたら中大に入学した。野球選手の松岡尚彦君や河村隆君も中大だった。最高自治委員になった松尾明男君や児玉彰三郎君は東大だった。新聞部の佐々木智弥君は東京学芸大に入った。皆、よく訪ねて来た。特に松尾君と佐々木君は毎週やって来た。夜遅くまで語りあった。時には酒も飲んだ。

中央大学図書館。地下の学生食堂に行くのが楽しみだった。（図説中央大学から）

ある日、下宿の主人から呼ばれた。「私の家は君たちの集会所ではない」と怒られた。奥さんは「汲み取り賃が高いので、下宿代をもらってない人たちは、トイレを使うのを遠慮してください」という。私はそのガメッツさにあきれ果ててしまった。しかし主人から「渡辺さんが勉強しているのを見たことがない。親は苦労してお金を送っているはずなのに、どういう考えですか」と言われたのには、さすがにまいった。

そんな時、思いがけない事件が起こったのである。

下宿騒動 ―― 日記におばさん激怒

いつもより少し早く帰った私に、下宿のおばさんが血相変えて詰め寄って来た。

「ひどいではないですか。けちんぼな女とは何ですか。ずるい女とは何ですか」

「おばさん、いったいどうしたのですか。何のことかさっぱり分かりませんが」

「日記ですよ。何てひどいことを書くのですか」

ようやく意味が分かった。同室の中村義郎君は日記を書いていた。たまたましまうのを忘れて、机の上に広げたまま出かけたらしい。日記にはこう書いてあった。

「この下宿のおかみは、救いようもない吝嗇《りんしょく》な女で、狡猾《こうかつ》な女だった。世間にはこんな女もいるのかと……」

「女とは何ですか、女とは」と言いながら、おばさんは涙をポロポロと落とした。

「おばさん、すみません。でも、これは小説なんですよ。中村君は文学志望で、小説の勉強をしているのですよ。日記ではありません」

巣鴨下宿時代の筆者。左にポケットがあるのに注目！　先輩の中古服を裏返しに直して着ていた

だが、おばさんの興奮は静まらない。どうしようかと思った。それにしても勝手に部屋に入って、日記を読むということは許せない。私は「おばさんも、いけないと思いますよ」と反論した。

「私は、掃除をしてあげようと

思って入っただけです」と、泣きながらおばさんは言う。しかし、それまで掃除をしてもらったことは一度もなかった。

中村君が帰って来た。彼は一言、「明日出て行きます」。それだけだった。そして翌日、高田馬場の下宿屋に住んでいた三年B級時代のクラスメート平井充良君（早大文学部二年）の部屋に引っ越して行った。

私も出たかったが、行く場所がない。週末に遊びに東た松尾明男君（東大教養学部一年）が、「新学期まで辛抱してください。駒場の寮を出て下宿を探しますから、一緒に住みましょう」と言ってくれた。

青春モツ物語――肉屋の好意に感激

一人では部屋代の負担が重い。困ったなと思っていたら、うまい具合に小沢泰君（中大経済学部一年）が転がり込んで（失礼！）来た。歓迎のスキヤキ会をやろうと思ったが、金がない。肉屋の前を通ったら「本日牛モツ大奉仕」の赤紙が目についた。

小沢泰とオルケスタ・ティピカ・コリエンテス。ピアノが小沢泰君

小さな声で「モツ五十円分下さい」と言った。赤ら顔で威勢のよい主人が、「ホーラ学生さん、オマケだよ」と言って竹の皮にどっさりと包んでくれた。

白菜、大根に、ネギ、ショウガ、ニンニクを入れて炊いたらなかなかうまかった。小沢君が「安上がりでいいですな。これから時々やりましょう」と言う。モツスキは巣鴨の下宿の名物になった。

ある日、いつものように肉屋に行くと、いかにも上品な中年の女性が来ていた。私がモツを買うのを見て「アラ、私も頂こうかしら、ワンちゃんの大好物なのよ」と言う。顔が真っ赤になった。

十日ほど過ぎて肉屋に行くと、またその婦人に会った。私は思わず．「おじさん、いつもの犬のエサを下さい」と言った。主人の顔色が変わった。「何っ、犬のエサだと。売らねえ、とっとと帰れ」と怒鳴られた。すごい権幕だった。

私はあわてた。冷汗が出た。「おじさん、すみません」とあやまった。「いつも美味しく頂いているのです。冗談を言って申し訳ありません」と頭を下げた。「なあ、学生さん。あんた方は将来のある人間だ。モツはモツでもいいところを選んで竹の皮に包んで渡していたんだ。それを犬のエサと言われたんじゃミもフタもねえ。分かってくれればそれでいいんだ」

涙がポロポロと流れた。そう言えば、あの婦人のモツは新聞紙に包んであった。私のは竹の皮だった。

帰って小沢君にその話をした。彼も涙を浮かべた。二人で黙々とモツスキを食べた。後に日本三大タンゴバンドの一つと言われた「小沢泰とオルケスタ・ティピカ・コリエンテス」を結成した小沢泰君との青春モツ物語である。

狐の襟巻き——下宿代工面に苦労

松尾明男君が新しい下宿を見つけて来た。巣鴨のおばさんとは仲直りしてうまくいっていたが、予定どおり引っ越すことにした。杉並区下高井戸の指田さんという家だった。自炊、外食からはじめて食事付きだった。

下宿代が高くなったので、小遣いが不足した。何かと理由をつけては母に送金を頼んだが、工面がつくはずがなかった。

母が朝鮮時代に父からプレゼントされて大事にしていた狐の襟巻きが送られてきた。売って生活の足しにしなさいと手紙が入っていた。山手の高級住宅街を一軒一軒回ったが、どこの家でもうさん臭そうにあしらわれるだけで買ってもらえなかった。

疲労困憊《こんぱい》して山手線の満員電車に乗った。吊革にぶら下がってウトウトしていると、「渋谷！　渋谷！」というアナウンスが聞こえる。あわてて降りたが、ドアに何かひっかかったような感じがした。下宿に帰って風呂敷を開いたら、狐の

下高井戸の下宿で、火鉢で暖をとる
松尾明男君（右）と筆者

尻尾が無くなっていた。

「あの時の渡辺さんの悲しそうな、情けない顔は忘れられない」と、指田さんのおばさんがいつまでも思い出しては話していた。

指田さんの家には、一年近くお世話になった。ところが夏休みが終わって一足先に東京に帰っていた松尾君から速達が届いた。おばさんと下宿代の値上げのことで衝突して、世田谷区代田二丁目の羽生さんという家に引っ越したというのである。私の荷物も運んでおいたからということだった。「またか」と思った。

ここでまた元の自炊生活に戻ったが、半年後に羽生さんの家でも部屋代値上げの話があり、練馬区江古田の柏木さんという家に引っ越した。だんだんと都心から遠くなった。松尾君は下宿探しの名人で、下高井戸も代田二丁目も江古田も、一日で見つけて来た。お陰で私は楽だった。柏木さんの家は日大芸術学部の正門前で、昔の材木屋さんだけに、門構えの立派な豪壮な邸宅だった。

家庭教師 —— 母校との絆を深めた大学四年間

江古田の下宿には卒業するまでお世話になった。おばさんは茶道表千家の師範で、一つ年上の一人娘がいたが、毎週一回一緒にお茶の作法を教えてもらった。江古田での忘れられない思い出に、家庭教師のことがある。松尾君は東大なので家庭教師の口がいくつもあったが、私には全然声がかからない。気の毒に思った松尾君が、国語と社会の二科目だけ私に回してくれた。二人の中学生が、火曜と金曜に下宿に通って来た。

ある日、風邪で熱があったので、勉強をやめて二人を映画に連れて行った。エノケン主演の『鞍馬天狗』だった。二人は大喜びだったが、運の悪いことに一人の方の中学生の親父が観に来ていた。見つかって即日クビになった。私だけならよいのだが、松尾君まで辞めさせられた。今でも松尾君にはすまないことをした

新人演奏会で右から司会の筆者、鈴木宏子、野間幹子、岸田紀美子、日高里子（以上武蔵野音大）、児玉邦夫（国立音大）の皆さん（県教育会館にて）

と思っている。

　東京の四年間を振り返って、生活は決して楽ではなかったが、学生というよりも社会人として本当にいい勉強をしたと思っている。人と人とのふれあいの大切さもよく分かった。

　大宮高校出身東京学生会を作って、多摩川べりなど郊外でピクニックをしたり、東京学生寮建設の陳情活動などもした。受験の時期には、後輩のために下宿をそれぞれ臨時の宿舎に提供したりした。進学講演会や座談会も度々行った。

　夏休みには、東京からピアニストやオペラ歌手を宮崎に招いて（園山謙二先生の紹介だった）リサイタルを催したり、音楽大学に在学中の同窓生たちで「新人演奏会」を開いたりした。会場探しから、宣伝、切符売りに出演者の世話など苦労も多かったが、どれも盛会で皆に喜ばれた。貴重な体験だった。

しかし、卒業もだんだん迫って来て、卒業試験と就職のことが気がかりだった。私が卒業した昭和二十八年は、「花のニッパチ（二八）組」といわれているが、現実は旧制と新制の大学生が同時に卒業した年で、未曾有の就職難であった。

七の章　岩切章太郎さんとの出会いと宮崎交通入社

何とおおらかな人——岩切章太郎氏との出会い

大学三年の夏、大宮高校で弦月同窓会の総会が開かれた。当時の同窓会は在校生も一緒で、全校生徒が参加した。講堂には入りきれないので、運動場にテントを張って臨時の会場を設営した。

卒業生たちがいろいろと余興をやるのだが、特に女学校の卒業生は熱心で寸劇や踊りなどもあり、なかなか賑やかだった。

東京学生会も何かやれということだったので、在校生のために大学紹介をすることにした。八大学だったと思うが、それぞれ代表が出て、五分間ずつスピーチをした。

弦月同窓会の総会ではじめて出会った岩切章太郎氏。何とおおらかな人かと思った

私は司会を務めた。真正面のテントに同窓会長で宮崎交通社長の岩切章太郎氏（大正2年卒）と、県知事の田中長茂氏（明治42年卒）が二人並んで座っていた。

大学紹介はどうしても堅苦しくなるので、努めてユーモアたっぷりに、おもしろおかしく進行した。

岩切同窓会長は始終にこにこと聞いておられたが、盛んに拍手をしたり、時には「ハッハハハ」と大きな声で笑われたり、先輩の戸高保氏（文化宣伝社社長）が途中で応援のために登壇すると、「オイ先輩、後輩に負けるなよ」とやじまで飛ばされて、会場の雰囲気を一生懸命盛り上げようとしておられるのがよく分かった。何とおおらかな人かと思った。

アトラクションが終わると、卒業生だけが講堂に移ってパーティが開かれた。私は、清酒「初御代」の一合ビンをかかえて、岩切会長の席に御挨拶に伺った。

岩切会長は「飲めないんだよ」と言って、「サイダーをついでくれ」とコップを出された。そして、「いやあ、今日は感心した。将来恐るべしだ」と誉められた。「渡辺君、司会というのはね、これから職業としても立派に成り立つと思うんだが、勉強してみる考えはないかね」「いいえ、私には向いておりません。それよりも、私はもっと大望を抱いております」「大望かね、ハッハハハ」と、岩切会長は隣の田中知事と顔を見合わせながら、また大きな声で笑われた。

入社試験――「君はどう思うんだ」

少年時代は、偉人伝など読みふけって政治家になるのが夢だった。宮崎中学の入学試験で将来の志望を聞かれた時も、「政治家です」と答えた。試験官の森先生（数学）が、「ホウ」と言われたのを覚えている。当時は、ほとんどが「軍人」と答えていた。敗戦後、夢は「新聞記者」に変わった。ジャーナリストとか、言論人という言葉にあこがれた。

しかし、大学三年の夏、岩切章太郎氏に出会ってからは少しずつ考え方が変わった。岩切章太郎氏のような人の下で働けたら、そして、故郷の空の下で働けたらどんなに幸せだろうと思うようになった。

新聞学会も退部した。編集長は「新聞記者をめざすのなら最後まで残れ」と引き留めてくれたが、その気にはならなかった。

宮崎バス時代からの宮崎交通本社。昭和27年12月、この２階で入社試験が行われた

恩師の野村憲一郎先生（当時県教育長）に、宮崎に帰りたいと相談したら、「君にはそれが一番いい」と賛成された。そして「僕が岩切さんに話すから」と言われた。だが、最初に来た返事は「宮崎交通は、大学卒を採用する気はないらしい」ということだった。がっかりした。しかし、秋になって、野村先生からうれしい便りが届いた。「岩切さんが履歴書を預かってくれた」と書いてあった。

入社試験は十二月初め宮交本社の二階で行われた。試験場に行くと、鹿児島大法の荒武秀昌君をはじめ、宮崎大農の関正夫、大分大経の三好満蔵、大阪外語大独語の杉田繁夫君たちも受験に来ていた。皆、大宮高校の同期生である。他に七、八人いたような気がする。

学科試験の後、面接があった。牧誠常務、鬼塚豊勤労課長、岩満栄策人事係長が並んで座っていた。

「ピカソの絵をどう思うかね」と、牧常務から突然聞かれた時は、どぎまぎした。「絵は見る人の好みですから」と答えたら、「君はどう思うかと聞いているんだ」と怒られた。

最後に「どんな本を読んでるかね」と聞かれた。

「『文芸春秋』と『週刊朝日』を読んでいます」。牧常務の顔に失望の色が走った。「しまった」と思ったが、時すでに遅かった。

「君ィ、それは本ではないよ」

「サイヨウナイテイス」――一生で一番うれしい日

入社試験は終わった。牧常務をはじめ、鬼塚課長、岩満係長の私の印象はきっとよくなかったに違いない。

そう思うと、暗い気持ちになった。帰る時に東京―宮崎間の往復の旅費が支給された。思いがけないことでうれしかった。帰宅して母に「ホラ、汽車賃が戻ってきたよ」と全額渡した。試験のことは話さなかった。

十二月の末に、大宮高校の旧弦月会館で「大宮ジャーナル会」の結成準備会が開かれた。新聞部のOBと現役部員との親睦会を作ろうという二年生の岩切達郎新聞部長の呼びかけで、私はOBの代表として出席した。

会も終わる頃、妹の弘子がハアハア言いながらやって来て、私を呼び出した。「どうした」と聞くと、妹は一通の電報を私に手渡した。

「サイヨウナイテイス、イサイフミ、ミヤザキコウツウ」であった。

私の一生を通じて、こんなにうれしい日はなかった。胸の高鳴りを抑えることができなかった。電報を妹に持たせて走らせた母の喜びの顔が目に浮かんだ。

私の様子に気づいて、岩切部長が「何かあったのですか」と聞いた。「実は宮崎交通の入社試験を受けていたのです。採用内定の通知が来ました」と報告した。

運動会の仮装行列で、新聞紙で作った衣装で出演した新郎青井編集長と新婦岩切部長

岩切部長は「よかったですね」と、にっこり笑って握手をした。隣の席に座っていた編集長の青井俊夫君（二年生）にも電報を見せた。「先輩、やったじゃないですか」と、自分のことのように喜んでくれた。

岩切達郎部長は現宮崎交通社長であり、青井俊夫編集長は現志多組取締役である。

三年生の夏、弦月同窓会総会の日の岩切章太郎氏のあの屈託のない明るい笑顔が思い出された。

「大望かね、ハッハハハ」と笑われたが、その時までは宮崎交通に入ろうとは夢にも考えていなかった。

大望とは宮交に入社することだったのかと、岩切章太郎氏は思われたであろうか。

利益三分主義――岩切社長の歓迎の話に感動

昭和二十八年四月一日、宮崎交通の大学卒第一期生六人が入社した。荒武秀昌、関正夫、三好満蔵、杉田繁夫、宮田潤一、それに私だった。宮田潤一君（早稲田大学商学部卒）を除いて、全員が大宮高校の同期生だった。宮田君は日南高校の出身で、日南市大堂津町の焼酎、味噌、醤油の醸造業である宮田本店の長男だった。ハンサムですらりとした俳優にでもしたいようないい男だった。「ソウジャマストェー（そうですよ）」と飲肥弁を使うのが口ぐせで、私とは気が合った。

当時宮崎交通の本社は四課しかなかったが、宮田君と私が業務課、荒武君が庶務課、関君が勤労課、三好君と杉田君が経理課に配属された。この人事発令は、まだ新入社員の私たちではあったが、勤労課（鬼塚豊課長）は、六人の性格をよく見ているなあと、感心したものである。

一番大事な新入社員時代に、それぞれ上司にも恵まれ、自分の個性に磨きをか

入社の日、平和の塔「御舟出」の扉の前で記念撮影の筆者

け、戦後の宮崎交通の発展期にいささかなりとも貢献し、今日の基礎を作ることができたと、私たちを導いていただいた先輩方には、今でも感謝の気持ちでいっぱいである。

宮田君とは一緒に机を並べたが、「君は宮崎交通の顔（好男子の意味）だから、社長秘書に向いている」と冗談を言っていたら、本当に一年後には庶務課の秘書係になった。同期生で最初の人事異動だった。

入社の日、東京出張から帰られたばかりの岩切章太郎社長の部屋へ六人揃って挨拶に行った。社長は、にこやかに立ち上がって、「やあ、待っていたよ」と言われた。感激で体がぶるぶると震えた。社長は利益三分主義の話をされた。企業の利益は、まず株主へであるが、次は従業員だ、給料を上げなくてはならない。しかし大事なことはお客様への配分だ。それを忘れてはならない。お客様への配分とは何か、それが分かるような社員になってほしいと話された。「いい会社に入ったなあ」と、あらためて感動した。

山下　清――待合室を〝居室〟にした放浪画家

最初の上司、業務課長の新屋熊雄氏。童顔で若々しかった

業務課長はベテランの新屋熊雄氏だった。十六歳で宮崎交通に入社、運転士の見習いから出発して、私が入社した年の六月には、経理課長の日高真太郎氏、鉄道部長の荻野陸郎氏と共に四十代そこそこで重役になった立志伝中の人である。日高真太郎氏は公認会計士だった。庶務課長の押川光雄氏は宮崎交通の生き字引と言われた。六人の新入社員は会社が退けると、揃って喫茶山脈《やまなみ》やパンセに出かけては、お互いの上司の自慢話をしたり、情報を交換しあったりした。

昼休みには、二階の訓練室で、関君得意の歌曲を聴いたり、隣のバスガイド控え室の出入りを横目でチラチラと眺めたり、若さいっぱい、夢いっぱいで本当に楽しかった。今でも新入社員時代のことを思い出すと胸がワクワクする。

その年の暮れのことである。朝八時過ぎになると、毎日のようにバスの待合室に一人の男が現れた。ツンツルテンの着物に、大きなリュックを背負っていた。来るとさっそく、大きな火鉢のそばの一番暖かい席に座り、リュックの中から下着を出して着がえる。それから茶わんや皿を取り出して、どこからもらって来たのか飯とおかずをよそってうまそうに食べる。終わると洗面所で後片づけ、続いて洗濯を始める。時には、裁縫道具を取り出して、シャツの破れなどを繕っている。

最初は誰も気に留めなかったが、いつまでも引き揚げる様子がないので、「あらどこんやつじゃろかい」ということになった。

この男、少々露出癖があるので、お客さんに迷惑がかかると、庶務課の川越優さんに相談した。川越さんは「そらいかん」と言って、男のそばに行き、「こら、はよ出ていかんか」と追い立てた。当惑した表情で、重そうなリュックをかつぎ、傘を持ってスゴスゴと出て行った。

それから一週間ほどして、新聞で「日本のゴッホ山下清、桜島で発見」の写真を見てびっくりした。

待合室のあの人だったのである。それにしても、本当に申し訳ないことをした。

謹啓と敬具――岩切社長の礼状代筆

昭和二十九年の十月、宮崎市で南国宮崎産業観光博覧会が催された。宮崎市では、昭和八年に祖国日向産業博覧会、昭和十五年には日向建国博覧会が催されたが、この二つの博覧会を通じて、宮崎は観光県として大きく飛躍した。特に昭和八年には、遊覧バス（今の定期観光バス）のバスガイド（当時は婦人案内人、世間ではウグイス嬢と呼んでいた）の名調子が全国的な話題となり、博覧会よりも遊覧バスに来るのが目的で訪れる人が多かったという。

遊覧バスの原稿は、岩切章太郎社長が全文書いた。バスガイドの訓練も一人ひとり手をとって教えた。博覧会とバスガイドの教育に寄せる岩切社長の情熱は、

謹啓と敬具しか残してくれなかった岩切社長。
仕事の合間に碁を打つのが楽しみだった

執念に近かった。今日の観光宮崎の基礎は、博覧会とバスガイドによって作られたといっても過言ではない。

だから、戦後初めての南国宮崎博覧会にも、岩切社長は、この機会を逸してはと全精魂を傾けた。今では考えられないことだが、二百八十九台しかバスを保有していなかった当時、博覧会の輸送用に、観光バスの新車八十五台を購入したのである。

その意気込みは各方面に伝わり、「週刊朝日」は特集を組んで、作家の林房雄氏が取材に来宮した。

内容は、ほとんどが宮崎交通のことだった。ホコリをあげるだけのバス会社が多いのに、宮崎交通は木を植え花を植えて、バスの沿線を公園化していると絶賛した。

感激した岩切社長は、私に礼状を書くよう命じた。新入社員の私はびっくりした。押川庶務課長が「社長は今まで、一度も代筆をさせたことがない」と、肩を叩いて励ましてくれた。私は徹夜して書き上げた。ところが、である。庶務課長が首を振りながら「社長が少し手を入れたよ」と持って来た私の原稿は、最初から最後まで一行残らず赤線で消してあり、書き直してあった。私は一字でも何か残っていないかと、目を皿にして探した。謹啓と敬具だけが残っていた。

当時の社長の忙しさは想像以上のものがあった。仕事の合間に、三十分でも一時間でも碁を打つのが、唯一の楽しみのようであった。

八の章　市民に愛され親しまれる企画を

初日バス――知恵をしぼった初企画

南国宮崎博覧会は四十二万人が入場し、成功裡に終わった。しかし終わってみると、困ったことがあった。

それは、博覧会の輸送用に購入した観光バスの新車八十五台のことである。運の悪いことに博覧会の催された昭和二十九年の夏は、大きな台風が何度も襲来して、県下のバス路線はズタズタにされた。バスは増えたが、走る路線がないという悲劇である。

毎日のように営業会議が開かれ、私も末席に座ったが、新屋課長から「渡辺君、若いセンスで何かパッとした企画を出せよ」と、何度かハッパをかけられた。

アイデアというものは、ああでもない、こうでもないと一生懸命考えていると、思わぬヒントからひょいと生まれてくるものである。

宮崎観光ホテルの総務部長をしていた伯父の石束直が、ある日、「日南海岸の堀切峠で初日を見たら、すばらしいだろうな」と、ポツリと言った。これだ！と思った。さっそく、初日バスのプランを練った。

まず、料金は百円ということにした。何かオマケをつけたいとお年玉を配ることにした。お年玉は蘇鉄の実の猿の鈴にした。鈴には「南男猿《なんお》」という愛称がつけられていたが、南男猿は〈難を去る〉で縁起がいい、お正月にはぴったりだと思った。

問題は宣伝だった。市内バスの車内でポケットに入るくらいの宣伝カードを配ることにした。裏に広告を取って五万枚印刷した。そのカードには、こう書いた。

「当日、このカードを持参された方には、すばらしいお年玉をプレゼントいたします。」

乗車券は予算がなかったので、ガリ版刷りで辛抱した。最初は百枚刷った。正月はみな写真を撮るので、カメラ店に乗車券を預けた。ところが、一日で売り切

第１回の初日バス（昭和30年）。道路が狭くバスを並べるのに苦労した

れてしまった。毎日、乗車券を刷ってはカメラ店に届けた。とうとう九百枚も売れてしまった。

さて、昭和三十年元旦の朝、初日バスの出発する宮崎交通本社の前は人波でごった返す騒ぎだった。

初日バスは三十台出た。入社して最初の企画だけに、本当にうれしかった。

空の時代へ

――空港できたが待合室はなく

南国宮崎博の開催直前の昭和二十九年十月一日に、航空大学校が開校した。続いて十一月一日には、宮崎空港が開設されて、極東航空（全日空の前身）が、宮崎―福岡―岩国―大阪間に試験飛行を開始した。

新屋課長から、関孝夫係長と後藤広志さん、それに私と古西信男君が呼ばれた。「何だろう」と思って行くと、「今日から君たちは、航空班兼務だ」と言われた。

試験飛行に双発九人乗りのダブというプロペラ機が飛んで来るので、旅客の世話をするようにということだった。私は航空班という呼称が気に入らなかったので「課長、いっそのこと航空部にしたらどうですか」と意見を述べた。新屋課長は「まだ組織に部制がないからダメだ」と言われる。「いや、組織でなくて、外部向けのPRですよ。話題になりますから、ぜひそうしてください」とお願いした。

新屋課長は苦笑いしていたが、岩切社長が「大きいことはいいことだ」と賛成された（翌年三月の機構改革では、正式に航空部になった）。空港には待合室もなく、バスを臨時待合室にした。

九人乗りだが、なかなか満員にならない。乗客ゼロの日もあって、そんなときは砂袋を積んで飛行した。十二月一日には正式に定期航空便として認可され、四発のマラソン機が週三回就航した。あるときは、天候不良で大阪からの飛行機が途中で引き返したが、連絡が不十分で空港のバスの中で四時間も待たされたお客

宮崎空港最初の待合室（昭和30年）。
４発のマラソン機が就航した

が騒ぎ出し、私たちではどうにもならずに、岩切社長を引っ張り出して平身低頭謝ってもらったこともある。

平成二年三月二十四日、新空港ビルの落成記念式典で、黒木静也社長は、「前の空港ビルができた時（昭和38年）は、搭乗客は年間十万人でしたが、今は二百三十万人です。創業者岩切章太郎氏の先見の明には、今さらのように頭が下がります」と挨拶した。

納涼バス――地元市民向けの企画を

昭和三十年元旦の初日バスは成功したが、元旦だけ一日の催しである。何かもっとほかの方法で、永続的なプランはないだろうかと考えた。

初日バスは、私に三つのことを教えた。一つめは企画をよく練ること、知恵を出すことである。二つめは何よりも宣伝が大事だということ。三つめは、庶民に愛され親しまれる内容にすることである。

入社して二年後、私は無性に東京に行きたくなり、一週間の休暇をもらって上京した。私はまず観光バスに乗った。はとバスだったが、昼のコースと夜のコースに二回乗った。

私がおもしろいと思ったのは、夜の観光バスだった。歌舞伎を一幕見た後、大きなキャバレーで、アイスクリームを食べながらタンゴバンドの演奏（偶然にも小沢泰君が出演していた）を聴いた。最後は料亭で泥鰌《どじょう》鍋を味わった。なかなか粋で楽しかった。

私は、宮崎でこれがやれるだろうかと考えた。とても無理だ。しかし、何かやりたいと思った。

初日バスがすんでから、私は「夜の観光バス」を思い出した。観光客が対象でなく、地元の市民向けの企画はないか、家族連れはねらえないか、アベックはどうか。そう思っているなかに、青島の海岸に浴衣がけで夕涼みに行くのが一番い

納涼バスの車内。家族連れが多かった

い、幸い海水浴場の休憩所や売店、食堂もある。そうだ「納涼バス」だと考えた。

運賃は初日バスと同じで百円。今度は町の真ん中から出そう。そうなれば、県公会堂の前がいい。楠並木もあってムードは満点だ。帰りは、宮崎神宮までお客様を送る。座席は全部ロマンスシートの指定席、お土産はウチワ、青島では花火を売ろう、土曜と日曜の夜は手作りのイベントを催すなど、次々に発想がわいてきた。またバスガイドや納涼バス用の原稿を作って特別に訓練しようと思った。

しかし、何といっても納涼バスの最大のヒットは、ほおずき提灯だった。

ほおずき提灯バス――「きれいだ」と大好評

「納涼バス」の企画は、まず新屋営業部長に相談した。「それはいい」と、即座に賛成された。渡辺万寿営業部次長、成合正治営業課長、関孝夫業務課長、楠原照章旅客係長、上岡章業務係長と、上司に相談してまわったが、みな賛成で「がんばろう」と励まされた。

「バスの中に何か涼しい電飾をしたいのですが」と言ったら、新屋部長が「おい、提灯はどうか」と提案された。イヌイ玩具店に行ったら、小さなほおずき提灯がたくさんあった。それを持って帰って、渡辺次長が豆球をコードでつないでバスに取り付けた。

夜、その提灯バスに試乗してみた。青島街道を走りながら、思わず「こいつはいい、いい」と叫んでしまった。

昭和三十年七月二十九日、提灯バス十台に社員や家族が浴衣がけで乗って、宮崎市内をパレードした。「きれいだ」と市民に大好評で、家の中から飛び出して

納涼バス前夜祭。提灯山笠をかついで市中パレードをした

来て拍手をする人もいた。

翌日、納涼バスはスタートしたが、第一日の成績は九台だった。しかし、評判が評判を呼んで、お客様が増え、毎日二十台、三十台と出るようになり、バスとガイドのやりくりでたいへんだった。

二年後には『納涼バスの歌』を募集した。赤江療養所に入院していた向井麦秋さんの作詞が当選した。

作曲は、こどものくに楽団の楽長も兼務していた楠原さんの戦友で、『山の煙』や『白い花の咲く頃』の作曲で有名だった八洲秀章氏にお願いした。初代コロムビアローズが歌って、レコードにも吹き込んだ。

納涼バスの歌ができたのを機に、県公会堂で発表会を開いて、前夜祭を催した。

昭和三十六年から、前夜祭は市中パレードにして、提灯山笠をかつぎ、バスガイドが浴衣姿で踊った。

十周年には「光るバトン」が登場し、バスガイド二百人が自衛隊音楽隊の先導で行進した。

納涼バスは、一晩に最高九十九台（昭和37年8月31日）という日もあった。

バスガイドコンクール——見事優勝して日本一

昭和三十年三月十日に宮崎交通の機構改革が行われ、一室七部十課制となった。バス車掌の訓練係（愛甲重吉係長）も昇格して教養課となった。私は教養課の兼務を命じられた。初代課長は愛甲重吉氏だった。

戦後、バスガイドは花形だったが、日本乗合自動車協会（バス協会）は、運輸省（現国土交通省）の後援でバスガイドコンクールを催していた。第一回は昭和二十六年で、地方大会と全国大会があり、全国大会は地方大会の上位入賞者が出場した。

九州大会は宮崎交通の独壇場で、第一回大会で恒吉和子、鎌田宏子の両名が入賞してからは、第二回一位・岩崎なみ子、第三回一位・長協子、第四回一位・黒木洋子、第五回三位・浅倉美智子、第六回一位・亀山智子、第七回二位・原田義子と、ほとんど宮崎交通が上位を占めた。

全国大会でも黒木洋子さんの二位を筆頭に、いつも入賞していた。私は、第六回（昭和31年）からコンクール担当になった。コンクールは各バス会社の競争となり選手を特別に採用したり、プロの演出家をやとったり、だんだんとショーの傾向になって、批判の声が高まった。まず労組（私鉄総連）が反対した。

バスガイド日本一になった贄田悦江さんと岩切章太郎社長（昭和34年、日比谷公会堂にて）

九州大会は第七回を最後に中止され、第八回は全国大会だけが開かれた。岩切社長の方針は一貫して「ありのままの姿で」だったので、この年は出場を見送った。宮崎交通をはじめ、有力バス会社がほとんど欠場してさびしい大会となった。

翌年の第九回全国大会は、バスガイド本来の姿をとり戻そうという空気が強くなったので、各社もまた元のように出場した。宮崎交通からは贄田《にえだ》悦江さん（日南高校出身）が出場した。

贄田さんは神話の説明がよく合っていたので、宮崎神宮の社頭説明をすることにしたが、端正で落ち着いた堂々たる案内だった。五十余人中二番目の出場で、まだザワザワしていたが水を打ったようになった。見事優勝して日本一になった。あの時の岩切章太郎社長のうれしそうな顔は忘れられない。

独身会――「社内で間にあうものは間にあわせるべし」

宮崎交通のバスガイドは昭和六年十一月一日、青島までの遊覧バスを始めた時に初登場したが、昭和八年の祖国日向博覧会で一躍有名になり、昭和九年、十年には、ＮＨＫ熊本の「声の名所めぐり」「名所案内くらべ」で全国に放送、レ

元気いっぱい、若さいっぱいの宮交独身会
（昭和32年、前列中央が筆者）

コードまで発売（二枚一組1円60銭）されて、その人気は高まる一方だった。昭和十三年には、中国北京市から要請されて三人のバスガイドが派けんされ、北京市内の名所旧跡を案内した。

　戦後、贄田悦江さんが第九回バスガイドコンクールで日本一、第十回は東明子さんが二位になってからは、テレビ、ラジオはもちろん、当時は女性週刊誌の黄金時代だったが、取材や撮影が殺到した。

　また、定期観光バスや貸し切りバスに乗ったお客さんたちから「ぜひウチの息子に」と、結婚話も多かった。熱海の一流ホテルの社長さんや、京都の老舗の呉服屋さんとか、ハワイの実業家からも希望があった。

私たち独身社員は、美女の県外流出をたいへん憂慮していたが、当時、宮崎交通の社内では男女交際は御法度の雰囲気で、女子社員と映画にでも行こうものなら、すぐ呼びつけられて注意を受けた。

そこで、私は独身社員の有志数人を秘かに集めて、対策を練り、ある日突然に「宮交独身会」を結成して宮崎観光ホテルで盛大な結成祝賀の宴を開いた。

独身会規約も作った。傑作なのは第三条で「社内で間に合うものは、社内で間に合わせるべし」とした。第五条に「社内結婚はかならず重役または上司を仲人とすべし。断わられたる場合は直ちに報告し、断固その理由を究明すべし」とした。独身会結成のニュースは、パッと社内に広まった。

私たち第一期生は、宮田潤一君（宮田本店を継いで退社。故人）を除いて、五人揃って社内結婚をした。しかも全員が、バスガイドと結婚した。独身会の規約を忠実に守ったのである。

後輩たちも、先輩にならって社内結婚が圧倒的に多かった。このことがよかったかどうかは、まだ結論を出すのは早い。いずれじっくりと報告したいと思う。

えびの高原ホテル――村田政真さん設計、施工は竹中工務店――

昭和三十三年七月二十二日、えびの高原ホテル（当時は霧島高原ホテル）はオープンした。

韓国岳《からくに》を背景に、その稜線を生かした赤い屋根の山小屋風のホテルで、「絵になる」と評判だった。設計は村田政真設計事務所、施工は竹中工務店であった。岩切社長はえびの高原にホテルを建設しようと決めた時、まず日本観光協会に飛び込んだ。そして、老大家ではなく、若い人で新しい感覚の建築家がいたら紹介してほしいと頼んだ。それなら村田政真さんがいいだろうと推薦された。

竹中工務店を選んだのにはエピソードがある。戦後間もなく九州電力の宮崎支店の建築を竹中工務店が引き受けた時、たまたま岩切社長が近くを通りかかった。当時としては珍しい立派な板囲いで、ペンキで綺麗に塗ってある。そして、所々に小さなガラス窓が作ってあって、覗けるようにしてあった。窓には、花まで生けられていた。

板囲いにこれくらい気を配る工務店は、きっと良心的に違いない。今度何か建物を造るときは、ぜひお願いしようと心に決めた（日経新聞「私の履歴書・岩切章太郎」）ということだった。

ホテルがオープンする前に、社内で部屋の名前の募集があった。私は霧島山の地図を買って来て、ホテル周辺の山の名前を全部拾った。高千穂、韓国、新燃、夷守《ひなもり》、甑《こしき》などだったが、二つ足りなかったので、大浪《おおなみ》と白紫《びゃくし》池の名前を入れて応募したら、一等に入選して採用された。どんな賞品がもらえるだろうかと楽しみにしていたら、社長から「なかなかいいアイデアだ」と褒められただけだった。

えびの高原に初めて泊った夜、外に出た。真夏というのにひんやりと涼しかった。東京か

えびの高原ホテルオープン当日、岩切社長のうれしそうな姿も見える

らの家族連れも散策していたが、小学生ぐらいの子どもが、満天の星空を眺めて、「ホラ、星が青いよ。星って青いんだね」と言ったのが、非常に印象的だった。「こんなすばらしい高原が、どこにあるだろうか」と、しみじみと故郷に生きる幸せを感じた。

さようなら宮崎鉄道――パレードで歩み熱演

少年時代の思い出に、大淀駅（現南宮崎駅）から、青島、内海方面に走っていた宮崎軽便鉄道がある。

ピーポーという汽笛もなつかしく、日本で初めての義経、弁慶号と同じ型の機関車が、数台の客車を引っ張って、コットン、ガッタン、コットンと走っていた。客車も小さくて可愛かったので、私たちは「マッチ箱」と呼んで親しんでいた。

宮崎軽便鉄道は、大正二年に地元の水間此農夫氏や岩切与平氏（章太郎氏の父）によって設立された。初代社長が水間氏で、二代目が岩切与平社長だった。水間氏は代議士だったので、土地買収をはじめ、鉄道建設のすべての仕事を、与平氏が一人で切り回した。

昭和十七年、宮崎軽便鉄道は宮崎バスと合併、この時から宮崎交通に社名が変更された。昭和三十七年に国鉄（現JR）への売却契約を締結、六月三十日に「さようなら宮崎鉄道」の運転をして、五十年の歴史の幕を閉じた。

さようなら運転には、岩切社長をはじめ社員や、招待された県内各界の人たちが乗って別れを惜しんだ。沿線には、長年鉄道を利用した人たちがたくさん出て、手を振って見送ったが、中にはたまらずに汽車を追いかける人までいて、感激的なシーンだった。

青島駅前のフェニックス並木の下で「お別れパーティ」が催されたが、その三日前に突然岩切社長から呼ばれた。「せっかく

宮崎軽便鉄道最後の運転に別れを惜しむ沿線の人たち

だから、何かアトラクションをやれ」ということだった。しかし、あまりにも急な話で時間がなかった。

私は、宮崎鉄道五十年の歩みを、時代風俗の変遷で表してみようと、「宮崎鉄太郎君の五十年」というシナリオを作った。

バスガイドの卵（訓練生）五十人を動員して、市内の質屋さんを駆け回って集めた昔の矢絣《やがすり》の着物や、紋付、学生服、軍服などを着せ、少女歌劇ふうに会場をパレードした。にわか仕込みとは思えぬなかなかの熱演で拍手喝采だった。

九の章　宮崎を訪れた人、縁を頂いた人

島津貴子さん――新婚旅行でご来県

昭和三十年代の後半から昭和四十年代にかけて、宮崎は空前の新婚旅行ブームで、「新婚旅行のメッカ、宮崎」と呼ばれた。

世の中もようやく落ち着き、物も豊かになって、人々は未知の国へと旅する楽しみと余裕を持ちはじめた。海外旅行はまだ遠い夢だったが、さながら日本のハワイを思わせる南国情緒豊かな宮崎が、新婚旅行の目的地として、大きく脚光を浴びた。

それに拍車をかけたのが、島津久永さんと貴子さんの宮崎ハネムーンだった。貴子さんは昭和天皇の第五皇女で、当時は清宮《すがのみや》と呼ばれていた。貴子さんは、

岩切章太郎社長の案内でサボテン公園を
観光される島津久永さんと貴子さん

愛称が「おスタちゃん」だった。

性格が明るく、活発で、何事もハキハキ物を言われるので、宮内庁の記者クラブでも人気者だった。貴子さんの「私の選んだ人を見てください」の言葉は、流行語にもなった。

その選んだ人が、宮崎県は佐土原町（現宮崎市）出身の島津久永さんだった。当然のことながら、新婚旅行は、墓参を兼ねての宮崎入りということになった。東京から神戸までは東海道線、神戸から別府までは船旅で、別府に一泊して、翌日の午後宮崎に着かれた。昭和三十五年の五月三日であった。

岩切社長からお二人のプランについていろいろと指示があり、成合課長と私は、県庁や警察をはじめ、関係各機関との折衝に追われた。

宮崎駅にもお迎えに行ったが、列車から降りて来られた久永、貴子ご夫妻の後から、ゾロゾロと、新聞、週刊誌の記者や、テレビのカメラマンたちが大挙随行して来たのには驚いた。

宿舎は宮崎観光ホテルと臨江亭だったが、その夜、ハプニングが起こった。女性週刊誌の記者の誘いで、久永氏と貴子さんは秘かにホテルを脱出、西橘通の「丸万」へ鳥のもも焼きを食べに行かれたのである。丸万は、一躍有名になった。

貴子さんは、なかなかのお洒落で、ファッション感覚は抜群だった。

美智子さま――こどものくにで幼稚園児と

貴子さんは、特に帽子とスカーフに凝っておられた。

こどものくにでも、サボテン公園でも、周囲の景色の色彩にあわせて、帽子を変えたり、スカーフをつけたりされた。そのたびに、「また帽子が変わったぞ」とカメラマンが殺到して、パチパチ撮影した。お陰で宮崎の景色がテレビや週刊誌に何度も出て、観光宮崎の宣伝に大きな役割を果たした。

宮崎ハネムーンの皇太子、美智子妃両殿下は、観光バスで日南海岸を視察された。バスガイドは楠光子さん（昭和37年）

お二人の観光には、岩切社長の車をお使いになったが、バスガイドの贄田悦江さんがご案内を務めた。

お二人のハネムーンコースは、マスコミから「島津ライン」と名付けられて、全国に宣伝された。今でも私は、「新婚旅行のメッカ、宮崎」の最大の功労者は島津貴子さんだと思っている。

二年後の昭和三十七年五月に、今度は明仁皇太子、美智子妃両殿下がお越しになった。

この時も、島津貴子さんと同じコースで視察されたが、違っていたのは、随行の記者やカメラマンが倍以上に多かったことと、週刊誌のグラビアが全ページカラーになって、宮崎の景色がふんだんに紹介され、特にフェニックスや色とりどりの花の美しさが、全国の人々に強烈な印象を与えたことであった。

五月四日は、観光バスでこどものくに、サボテン公園、鵜戸神宮などを視察され、さわやかな初夏の日向路を満喫された。バスガイドは、楠光子さん（都農高校出身）と、森晶《きょう》子さん（大宮高校出身）が務めた。

こどものくにでは、こどもの村の「順子さんの家」から、幼稚園のこどもたちが「美智子さま、いらっしゃいませ」と呼びかけると、すぐ中に入って行かれ、しばらく無邪気な会話を楽しまれた。順子さんの家は、その後「美智子さんの家」に名前が変わった。

両殿下は、えびの高原もお訪ねになり、えびの高原ホテルにお泊まりになったが、静かな高原の雰囲気がとてもお気に召されたご様子だった。赤松千本原では熊襲おどりをご覧になったが、踊りのクライマックスには思わず笑いころげられた。

服部　良一 ── 割り箸一本で指揮をとる

服部良一先生が、初めて宮崎を訪れたのは、昭和三十七年の二月だった。青木義久氏と一緒だった。

青木氏は松崎啓次というペンネームの方が知られていたが、東宝の大プロデューサーで、戦前は『姿三四郎』、戦後は『我が青春に悔いなし』など、黒沢明監督とのコンビで、次々に名作を世に出した人である。

服部良一先生は、初めて見る宮崎の自然の美しさに目を輝かした。特にえびの高原の印象は強烈だったようで、それから何度も訪れている。

最初に行った時は大雪で、赤松千本原で車を降りたのはよいが、ドアが凍って開かなくなり、ホテルまで歩く破目になった。

先生は歩きながら、さかんに「ラ、ラ、ラ、」と、口ずさんでいたが、後にそれが、青木義久作詞、服部良一作曲の『思い出のスカイライン』（歌・三鷹淳）となった。

服部良一先生はこの歌を「僕の第二の青い山脈だ」と言った。思い出のスカイラインのレコードB面には、本人の作詞（ペンネーム・村雨まさお）で、日南海岸を歌った『アイアイブルーロード』（歌・高沢明）を吹き込んだ。

その後、服部良一先生は、西條八十とも来宮し、岩切社長の依頼で『こどもの

「こどものくにの歌」の制作に訪れた、左から西條八十とお孫さん、服部良一夫妻と、案内の岩切省一郎社長、著者

くにの歌』を作曲した。作詞はもちろん西條八十である。

そのほか、開校したばかりの宮崎南高校や、その後宮崎西高校の校歌の作曲もお願いした。

昭和四十九年五月に、私の最初の著書『紫陽花いろの空の下で』の出版記念会を開いた時には、先生は真理子夫人と駆けつけてくださった。

この時、宮崎ニューサウンズオーケストラに、「思い出の服部良一メロディー」を演奏してもらった。指揮を先生にお願いしたかったが、御祝儀を包む費用がなかったのであきらめていたら、先生は突然、割り箸《ばし》一本を持ってステージに上がられ、最後まで指揮をしてくださった。満場割れるような拍手だった。

ちょっと一服——三国さん宮交にいた

五十回の連載が終わったところで、ちょっと一服、息抜きのお話をご披露しよう。

戦後間もなく、我が家の前を毎朝犬を連れて散歩する堂々たる体格の男の人がいた。

ある時、宮中同級生の大西啓蔵君がそばにいたので尋ねると、「ウチの親戚」だという。

中国からの引き揚げで、大西君の親戚の女性と結婚していて、いま離れの家に住んでいるが、宮崎交通に勤めているということだった。大阪大学出身のインテリで、佐藤政男さんという名前だった。

その後、中大に進学して世田谷に下宿していた時のことである。近くの映画館を通りかかったら、松竹映画『善魔』の看板がかかっている。主演俳優の三国連太郎の顔が、佐藤さんにそっくりだった。大西君の兄上が中大に在学中だったので聞いたら、間違いなく佐藤さんだと言われる。

宮崎交通に入社してから、「三国連太郎さんは、会社に居られたんですよネ」と言っても誰も知らない。

人事係に聞いても、「佐藤政男さんという人は整備の方にいて、よく似ているが、別人だと思う」と、あまり詳しく語りたがらない。

三国連太郎さんは、『ビルマの竪琴』『飢餓海峡』『神々の深き欲望』『利休』『息子』『冬の旅』と、数々の映画での名演技で、私も大のファンであるが、本人の周辺からは、宮崎にいたという話は今まで一度も出なかった。ところが、である。最近ある雑誌のインタビュー記事で、三国連太郎さん自身が次のように語っているのである。

戦後しばらく、宮崎交通の社員だったという俳優の三国連太郎さん（宮崎日日新聞社提供）

《……就職は地元の宮崎交通にしたんですが、（中略）僕の友達で大阪大学出身者がいたものですから、生きてるのか死んでるのか分からないけど、彼の学歴をそのままおかりしてご免なさいで就職したわけです。それがばれてしまい、女房の実家からも愛想をつかされまして、宮崎にいられなくなって、女房を連れ出して逃げ出したということです……》

ちなみに、三国連太郎さんの宮交の月給は四百五十円（本人談）だったそうだ。

檀一雄――青空市場お気に入りの無頼派

檀一雄さんと初めて会ったのは、昭和三十七年の四月二十九日だった。

当時、県立図書館にいた黒木淳吉さんが、ひょっこり宮交本社に案内してきた。福岡で九州文学同人会があって、その帰りだということだった。

檀さんと黒木さん、私の三人で日南海岸を観光したが、こどものくにでばったりと、岩切章太郎社長に出会った。

「いやあ、御高名な檀先生にここでお目にかかれるとは光栄ですな」と、岩切社長が珍しく檀さんを持ち上げた。

檀さんは後で言った。「君はすごい人に仕えてるな。いろんな人に会ったが、あんな立派な識見を持っている人はざらにはいない。心底郷土を愛している」。

檀さんが宮崎のファンになって、それから亡くなるまで十五回も宮崎を訪れたのは、この時の印象がよほど強烈だったのだろうと、私は今もそう思っている。こどものくにと鉄道線路の両側に、岩切社長の植えたキョウチクトウの並木がずっと続いている。「いい並木だな」と、檀さんがさかんに褒めるので、「花が咲いたら、もっとすばらしいですよ」と言うと、「じゃあ、また来る。花を見にかならず来る」と何度も念を押した。

　花形作家の檀さんのことだ。忙しくてとても来られないだろうと思っていたら、

檀一雄さん（左）と岩切章太郎社長
（昭和37年、こどものくににて）

　その年の夏、草野心平さんや新藤涼子さん（詩人・川南町出身）たちと一緒に本当にやって来た。

「どうだい。ちゃんと約束を守ったろう」と、檀さんは得意満面だった。

　檀さんのお気に入りの場所は、青空市場だった。タケノコとか、

ワラビとか、カツオだの季節の野菜や魚を買うのを楽しみにしていた。そして、「五郎」とか「一番地」とか、行きつけの飲み屋に直行して、昼から自分で包丁をとっていろいろと御馳走してくれた。

どんな名コックもかなわない腕前だった。

百万人の娘たち――五所平之助監督でバスガイド映画化

戦後間もない頃のことであるが、松竹の創立者であり、社長であった大谷竹次郎氏が、宮崎を訪れて定期観光バスに乗った。

その時案内したバスガイドの印象が忘れられず、大谷氏はいつの日か、宮崎のバスガイドをテーマにした映画を作ろうと思っていた。監督には戦前から有名で、戦後も『煙突の見える場所』や『黄色いからす』の名作で知られる抒情派の五所平之助氏に、白羽の矢が立った。

五所さんは、大谷社長からその話を聞くと、すぐに脚本家の久板栄二郎氏を連れて宮崎に飛んで来た。昭和三十八年の春、私が企画宣伝課長の時だった。

そして、さっそくロケハンである。ロケハンと言っても、原作がない。大谷社長の「宮崎のバスガイドを映画にしろ」という命令だけである。

五所さんと久板さんを、私はまず定期観光バスに乗せた。サボテン公園で、五所さんが「とても日本の一角とは思えない」と感心するので、「一〇〇万本あるんですよ」と言うと、「えっ、えっ、一〇〇万本ですか」と、しきりに念を押される。「はい、一〇〇万本です」と、私は声を大きくして答えた。

その瞬間、映画の題名が『百万人の娘たち』と決まったのである。

五所監督は、最初はひえつき節の現代版で悲恋物語を頭に描いていたようだが、どこに行っても宮崎の景色は明るく、広々としていて、ジメジメしたものがない。その上、岩切章太郎社長に会って、五所監督はすっかり、

宮崎交通のバスガイドになった岩下志麻。映画『百万人の娘たち』で。（昭和38年）

その夢とロマンのとりこになってしまった。

そして出来上がったのが、当時売り出し中の岩下志麻主演で、助演に笠智衆、乙羽信子、津川雅彦などの豪華キャストを配した文字通り宮崎観光宣伝の一大キャンペーン映画であった。何しろ、宮崎交通の社名を使い、岩下志麻の制服も全く本物と一緒で、腕章もそのまま、宮交のマークが入っている。こんなことは松竹始まって以来、前代未聞のことであった。

川端康成と「たまゆら」(上)――澄んでいた大きな目

昭和三十九年十一月十六日、川端康成は、初めて宮崎を訪れた。

NHKから朝のテレビ小説『たまゆら』の執筆を依頼された川端康成は、自分から宮崎に行きたいと申し出た。宮崎を選んだ理由は三つあった。

一つめは、戦時中に軍の報道班員として南方に向かう途中に、飛行機が宮崎の赤江飛行場に不時着したことがある。その時は飛行場から一歩も出なかったが、抜けるような宮崎の空の青さが印象に残って、一度は訪れたいと思い続けていた。

鵜戸神宮の参道で休む川端康成先生と筆者（昭和39年）

二つめは、若山牧水である。川端康成は、一高の学生時代、伊豆の宿で牧水と出会っているのである。その当時、一高生たちの間で牧水の歌を朗詠するのが流行していた。「新たにまた生きるべし　われとわが身に斯く云ふ時　涙ながれき」というのが、川端康成の好きな歌だった。その牧水の故郷宮崎に直《じか》に触れてみたいと思っていた。

三つめは、古事記である。「朝日の直《ただ》射《さ》す国、夕日の日照る国」の日向の国を訪れて、これからの人生の足がかりを、見つけたいと思った。禊《みそぎ》をするような気持ちで、宮崎に来たのであった。前日、ＮＨＫからの連絡を受けた私は、夕刻、笹放送部長と二人だけで空港に川端先生を迎えた。少し風が吹いていて、銀髪がゆれて美しかった。特徴のある大きな目玉が澄んでいた。

空港を出てしばらくしてから、川端先生は「車を停めてください」と言った。

「何でしょう」と言うと「夕日です」と先生は答えた。

折から西の山々に夕日が沈む瞬間だった。

宮崎観光ホテルに着くと、先生はすぐベランダに立った。夕日が沈んだ後の宮崎の空は、燃えるような茜《あかね》色だった。そして、それは満々と流れる大淀川の川面全体を広く包んだ。

「美しい」と、川端康成はつぶやいた。

川端康成と「たまゆら」（下）——上機嫌で十五日間滞在

川端康成は、最初は二日か三日泊まる予定だった。しかし、宮崎の夕映えを見てからは、もう一晩、もう一晩と予定を延ばして、とうとう十五日間滞在した。

宮崎から動かない川端に、心配したNHKは、長與孝子プロデューサーと養女の麻沙子を急いで寄こした。

川端は、宮崎に行くということが決まった時、秀子夫人に「眠りに行ってくるよ」と言った。

秀子夫人は答えた。

「ええ、今まで眠れなかった分、全部眠ってきてください」

麻沙子が長與と一緒に来たのは、川端が眠れなくなって、また睡眠薬を飲み始めたのではないかという心配からだった。

ある朝、いつものようにホテルに行くと、川端がにこにこと寄ってきた。

「渡辺さん、昨夜は眠れました。本当にぐっすりと、よく眠れました」

いかにもうれしそうで、その朝の川端は、血色もよく生気にあふれていた。

「夢も見ませんでしたよ。馬のひづめの音で目が覚めました」

「馬ですか」、と、私は問い返し

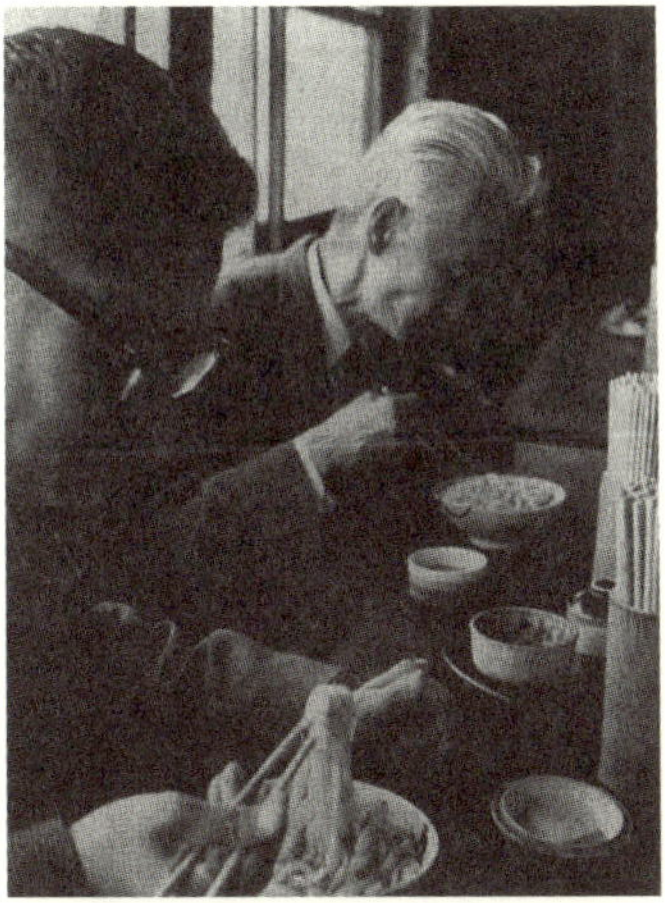
川端先生はうどんが大好物だった。
昔の三角茶屋（大淀）で、左が筆者

た。

「ええ、荷馬車の馬です。ポッカ、ポッカと、のどかな音でした」と、川端は上機嫌だった。

私は不思議に思った。近頃は荷馬車などほとんど見かけなかったからだ。

「父は、遠足が好きなんですよ」と麻沙子が言う。

「じゃあ、毎日遠足をしましょう」と私は答えた。

まず、高千穂に行った。延岡までは各駅停車の普通列車に乗った。それは川端の希望だった。車内では駅弁を食べた。うれしそうだった。青島、鵜戸神宮、都井岬、えびの高原と、遠足は毎日続いた。川端が気にいったのは美々津だった。

牧水が幼い頃、美々津で初めて海を見て驚いたという話に感動していた。

「私は日本の美しさのなにかを描きたいのである」。たまゆら執筆の言葉である。

永　六輔――熱烈な岩切ファン

宮崎が新婚旅行ブームに沸いていた頃、昭和四十一年のことである。永六輔さんが、NHKの紹介でひょっこり訪ねて来た。

沖縄、鹿児島を回ってきたという永さんは、半袖シャツにサンダル履きで、「やあ、やあ」と以前から顔見知りのような気安さでやって来た。

話を聞くと、東芝レコード企画の「にほんのうたシリーズ」で全国を歩いているとのことである。一県で一曲ずつ歌を作ってレコードにするのだが、作詞・永六輔、作曲・いずみたく、歌・デュークエイセスのコンビで、A面に宮崎の歌を、B面に秋田の『紺がすり』が予定されているということだった。

フェニックスハネムーンの作詞のために訪れた永六輔氏（こどものくににて）

さっそく、永さんと二人でロケハンならぬレコハンに出かけた。最初に行ったのがこどものくにだった。

正門の前でばったり岩切章太郎社長に出会った。私は偶然のことばかりに思っていたのだが、後で聞くと章太郎社長は、永さんの到着を見はからって、わざわざ待っていたのだ。

章太郎社長は、入り口の掲示板を示しながら、「ここはこどものくにですから、おとな券はありません。みんなこどもになってこども券を買っていただくのです」と説明した。

永さんは「すばらしい」と感激した。その瞬間、永さんは熱烈な岩切ファン、宮崎ファンとなった。

いま永さんは、宮崎市が制定した「岩切章太郎賞」の選考委員になっているが、選考委員とか、審査委員とかは絶対に引き受けない永さんが、これだけは例外と言って承知したのも、こどものくにでの章太郎社長との出会いが、いかに強烈な印象だったかがよく分かる。

日南海岸の観光が終わって、私と永さんは大淀川畔の橘公園に腰をおろした。新婚のカップルがあちこちで記念撮影をしていた。

「どこに行っても、フェニックスと新婚さんばかりですね」と、永さんが言った。『フェニックスハネムーン』の歌の題名は、その時決まったのである。

浅利　慶太——約束通り泊まりに

昭和四十五年のことであるが、劇団四季が宮崎市で「白痴」を上演した。地方ではまだ劇団四季の知名度が低い頃で、主催したMRTと宮崎交通では、全力を傾注して観客を動員し、お陰で公演は大成功だった。

劇団四季の代表であり、演出家である浅利慶大さんは、わざわざお礼に飛んで来た。

初めて会った浅利さんは、堂々たる体格ながら表情はやさしく、日本の演劇に寄せる思いが、一語、一語珠玉のごとく私の胸に響いた。夜、浅利さんと痛飲して、私はメロメロに酔ってしまい、江平町の自宅まで逆に送ってもらう破目になった。二部屋しかない、それこそ兎小屋のような我が家には、三人の子どもがゴロゴロと寝ていて、私は浅利さんに「お上がりください」と言えなかった。そこで、酔った勢いで思わず「来年は新築しますから、また来てください」と言ってしまった。

今や「世界の浅利」となった最近の浅利慶太氏

浅利さんはニコニコしながら、「ええ、かならず伺います。その時はぜひ泊めてください」と言われた。

翌年私は、もみじが丘という大淀川と市街が一望に見渡される高台に「方形の家」というナショナル住宅県下第一号の家を建てた。十八坪の小さな家だったがうれしくて、あちこちに新築の挨拶状を送った。

浅利さんから電話があった。「明日、宮崎に行きます。約束どおり泊めてください」

それからが、たいへんである。緊張する家内を叱咤激励しながら掃除をしたり、フトンの手入れをしたり手作りの料理をこしらえたり、大忙しだった。

ニュースカー運転士の日高許義さんが、その朝釣った魚を刺し身にして差し入れしてくれたが、浅利さんは「うまい、うまい」と大喜びだった。後で聞いたら、熱帯魚のチョウチョウウオだった。

今年の五月、福岡シティ劇場で久しぶりに浅利さんに会った。「オペラ座の怪人は、主役、準主役を含めて、宮崎県出身俳優が四人いますよ」と言われて、うれしかった。

心に残る人々――秘話と語録でつづる

昭和三十年代の後半から、昭和四十年代にかけて、宮崎は有名人ラッシュだった。当時、私が課長をしていた企画宣伝課は、その窓口だった。新聞、雑誌はもちろん、ラジオ、テレビの取材、撮影から映画のロケ、何でも「宮交の企画宣伝課に行けばよい」ということで、目が回るほど忙しかった。お金もずいぶん使わせてもらった。一水会（部課長会）の忘年会で「私は誰でしょう」というクイズがあったが、「肩で風切るポケットに、ハシゴ、ハシゴの請求書」という出題では、全員が「ハァイ」と手を挙げた。答えは「企画宣伝課長」であった。

しかし、お陰ですばらしい人脈ができた。そのすべてが、大切な心の財産である。「空ある限り」は、七十回の連載でお引き受けした。もう残り少ないので、そのすべてを書く余裕がない。そこで、心に残る人々の思い出や語録を、ほんの少しずつでもご紹介しよう。

戸塚文子＝昭和三十八年七月一日、ＡＮＡ東京—宮崎直行便開設の第一便で来宮。**石井好子**＝父（光次郎氏）は、今でも私に「いい子だ、いい子だ」と言って頬ずりするのよ。**岡本太郎**＝クラブ絹公路で「コニャック！」と注文。おでんのコンニャクを出したら「コニャックがブランデーのことも知らないのか」と怒られた。**新田次郎**＝どこに行っても公衆便所をのぞく。便所が汚い所は、観光地として失格というのが持論。**田河水泡**＝「のらくろ」のイメージとはほど遠い謹厳実直の人。**森繁久彌**＝自

自家用豪華ヨットで油津港に着いた森繁久彌船長

家用豪華ヨットの船長として油津港に上陸、「岩切さんに会いに来ました」**石原慎太郎**＝学生時代お金がなくて、青島行きの宮崎鉄道にただ乗りしたと告白。**橋田寿賀子**＝フェニックスドライブインの「魚すきが美味しい」と大感激。**大宅壮一**＝宮崎は扇風機ではなくて、エアコンディションの街だ。隅々までさわやかと絶賛。**今東光**＝宮崎は美人が多いねと、アオシマコースのキャディに囲まれご満悦。**邱永漢**＝台北高校先輩の中村地平さんのお墓参りに。**日下武史**＝重乃井の釜揚げうどんの大ファン。**西条八十**＝宮崎は未来に向かって開ける街だ。

横山隆一＝「地方にこんな大物がいるとは知らなかった」と、岩切章太郎氏に会って感服。**内村直也**＝宮崎は野菜がうまい。お土産も野菜の詰め合わせ。**五木寛之**＝宮崎のタクシーは絶対飛ばしませんね。「もっと速く」と頼むと、「ハイッ」と返事はよいが、飛ばしませんね。**草野心平**＝宮崎は夏です。夏が一番いい。**野呂信次郎**＝こどものくにはオーケストラだ、いろいろな楽器のように、植物がうまく配列してある。ハーモニーがすばらしい。**神津善行**＝夫人の**中村メイコ**さんと一緒に。**林忠彦**＝安兵衛小路の三津で、植村強さんに会うのが楽しみ。**秋山庄太郎**＝宮崎は来るたびに変わるが渡辺さん、あんたは変わらないね（進歩がな

こどものくにでラクダに乗る笹沢左保氏。一緒に乗っているのは女優の富士眞奈美さん

いという意味か）。**田宮虎彦**＝宮崎のコーヒーはどうも。コーヒーの美味しい街は楽しい街です。**城山三郎**＝小説『無頼空路』のモデルに岩切章太郎氏を。**小林秀雄**＝**亀井勝一郎**氏と共に。青島はいい、宮崎はやっぱり青島だ。**志賀直哉**＝こどものくにへ行ってちり一つ落ちていないのに感動。**今日出海**＝兄貴（東光氏）がえらく宮崎を褒めるものだから来たよ。**池島信平**＝**中野好夫**氏と一緒に。

川上哲治＝私の尊敬する人は二人、正力松太郎と岩切章太郎氏です。**いずみたく**＝焼酎が飲めないのが残念です。**中村八大**＝私の夢は長生きして宮崎に住むことです。**伊藤桂一**＝戸高保さんの戦友です。いい人だったなあ、タモツちゃんは。**大空眞弓**＝近江俊郎監督『新日本珍道中』の宮崎ロケで、女優としての第一歩を踏み出す。**中條静夫**＝西タチの「紫」で痛飲。**なだいなだ**＝本業は精神科のお医者さん。**池内淳子**＝岩切章太郎氏の黒田節の踊りに感激して、お返しに安来節の踊りを披露。**檀ふみ**＝宮崎で、父一雄はまだ生きています。**団伊玖磨**＝『都井岬旅情』を作曲。**三浦布美子**＝こどものくにへ何度でも行きたい。**岡田茉莉子**＝お土産は高千穂のミリオンジャスパー。**高橋圭三**＝宮崎のバスガイドは宝ですよ。**笹沢左保**＝「週刊朝日」の連載小説「突然の明日」の取材に。宮崎交通渡辺企画課長の実名で登場。ただし、殺人犯の親友として。

十の章 「思い切ってやれ」——岩切イズムを受け継いで

太陽とあそぼう——全社挙げて宮崎の夏を売る

宮崎の夏は、昔はシーズンオフだった。しかし、北海道の冬がすばらしいように、宮崎の魅力は夏だ。何とか宮崎の夏を売ることはできないかと、昭和三十八、九年頃、真剣に考えた。

たまたま、『太陽がいっぱい』という洋画が大ヒットして、この映画の題名こそ、宮崎のキャッチフレーズにぴったりではないかと話題になった。だが、よその真似では癪《しゃく》である。もっと宮崎らしい言葉を探そうと思った。

ある日、日南市で泰平堂という観光物産店を経営する戸田禮子さんが訪ねて来た。ビローの葉でこしらえた折りたたみ式の帽子を考案したので、見てほしいということだった。岩切章太郎会長がたいへん褒めて、さっそく「シャインハット」と命名した。そして、「これで夏を売れ」と指示された。

県観光協会の地村忠志事務局長に来てもらい、戸田さんと私と三人で、シャインハットを前にいろいろと議論した。ふと、戸田さんが「夏は暑いからと敬遠せずに、夏にぶつかって、太陽と思いっきり遊んだらどうでしょう」と言った。「戸田さん、いま何と言いました」と、私は聞いた。

福岡からの「太陽とあそぼう」の若者たちを歓迎（昭和40年、宮崎交通本社前にて）

「ええ、太陽と遊んだらと…」と、戸田さんがくり返した。「それだ、それで行きましょう」ということになり、こうして、「太陽とあそぼう」のキャッチフレーズは生まれた。

宮崎で「太陽とあそぼう」と、まず福岡の若者に呼びかけた。西日本新聞社とタイアップして毎年八月に福岡からバス十台（宮崎から回送）に乗って、四百人が宮崎入りした。宮交本社前にはバスガイドが整列し全員にシャインハットを贈呈した。こどものくに楽団がマーチを演奏し、紙吹雪やテープが舞い、全社挙げての大歓迎だった。

「太陽とあそぼう」と共に、全日空でも、東京―宮崎直行便で、「アロハで飛ぼう」の企画を打ち出していた。空港ではシャインハットを胸に、バスガイドがずらりと並んで迎えた。こうして、夏の宮崎はシーズンになった。

水着バス――「賛否」新聞にぎわす

「太陽とあそぼう」や「アロハで飛ぼう」の成功で宮崎の夏はシーズンとなった。しかし、その頃、全国の海水浴場が、公害でだんだんと汚くなり、「泳げない海」が多くなった。

そんな時、青島海水浴場が、厚生省の水質検査の結果「日本一きれいな海水浴場」の折り紙がつけられ、県外から泳ぎにやってくる人が急激に増えた。

青島海水浴場も、休憩所の施設を倍に増やして、一万人は収容できるようにしたが、それでも追いつきそうにない。岩切章太郎会長から呼ばれて、「何か名案はないか」と言われた。

　泳ぎに行って一番困るのは、脱衣、貴重品、シャワーなどの心配である。私は、バスを臨時の休憩所にすることはできないかと思った。それが「水着バス」の発想である。宮崎市内のホテル、旅館街から、海水浴場に水着バスを走らせたらと考えた。

　客はホテルの部屋で水着に着がえて、何も持たずにバスに乗りこむ。そして、まっすぐに海水浴場へ。二時間ほど泳いで、濡れたまま再び水着バスに乗る。バスのシートにはビニールが敷いてあり、背にはきれいな色とりどりのバスタオルがかけてある。そのまま引き返し、ホテルでシャワーを浴びるという寸法だ。

水着のまま乗れる「水着バス」は
若者たちに人気があった

宮崎市観光協会の会議で「どうでしょう」と提案したら、「全国どこにもないユニークな企画だ」と、全員が賛成した。さっそく実行に移した。

一日三回、夏休み期間中、ホテル、旅館街から青島へ水着バスが走った。車内は、若い女性のグループなどが乗ってくると、パッと花が咲いたように華やかになった。

新聞に「女性がはだかでバスに乗るとは何事か」というような投書もあったが、「ハワイでは、街の真ん中を水着で楽しく歩いている」という賛成意見もあって当時の紙面をにぎわした。水着バスは、宮崎市観光協会の協力で現在も続けられ、納涼バス（こどものくにへ行先を変更）と共に、息の長い企画となった。

MRTサンデーショー――TV中継車走る

昭和三十九年の東京オリンピックで、宮崎は聖火リレー第二コースの起点となった。

九月九日の夜、平和台で聖火到着の起点式典が、そして翌十日に、出発式典が催された。

この時の模様は、テレビで全国に中継された。新聞でも、聖火リレーの四つのコースの中で、宮崎が一番大きく報道された。

「日本のふるさと」という活字が大きく私たちの目に飛びこんできた。聖火行事は、空港、宮崎神宮、平和台といい、すべてが荘重でスマートだった。そういう演出の巧みさが、マスコミの注目するところとなった。県を中心とした聖火リレー実行委員会の活躍はめざましいものがあった。それに警察の協力と、整然とした行動が光っていた。

MRTでは、聖火行事中継のため初めてテレビ中継車を購入したが、終わってからの活用が問題だった。地元のスポンサーとして、宮崎交通も協力しなければということになり、十年間提供したローカルニュース番組「週間郷土の話題」の内容を一新して、「MRTサンデーショー」に切り換えた。

県下の隅々まで中継車を走らせて、町から、村からホットな話題を掘り起こし、スタジオと結んでいろいろと紹介した。村おこし、町おこしのマスコミ版というわけだ。好評で視聴率も高かった。プレゼントコーナーも設けて、応募が殺到した。

亡くなった渥美清さんをはじめ、宮崎を訪れた有名人、タレントはほとんどが登場した。俳優の杉村春子、芦田伸介、有馬稲子、小桜葉子、歌のおばさんの松田トシ、オリンピック日本体操男子チームや、女子バレーボールの優勝チーム、ボウリング世界一のカルメン・サルビーノなど、とにかく豪華なメンバーだった。

新春のテレビに出演して、思い出のスカイラインを歌う。(昭和47年、伴奏はこどものくに楽団)

「MRTサンデーショー」は、昭和四十五年九月二十七日に終わった。「週間郷土の話題」から十五年間続いたわけで、その夜は、MRTの関係者と遅くまで一緒に過ごしたが、感無量で飲んでも飲んでも酔わなかった。

企画宣伝課――「遊び心」持った集団

服部良一先生が、初めて宮崎に来られた時、こう言われた。

「作曲家は、四十代になったらダメですね。発想力が衰えます。いい仕事は、感性の豊かな二十代、三十代にうんとしておくことです」

それは私たちでも、同じことが言えるのではなかろうか。宮崎交通に入社して、あっという間に四十三年間が過ぎたが、思い出に残る仕事は、二十代、三十代が多い。若いということはすばらしいことだ。

宮崎交通に入社して、いつが一番充実していたかと聞かれたら、やはり私は、企画宣伝課長時代と答えるだろう。企画宣伝課の前身

企画宣伝課全員が、紋付羽織袴で出社したこともあった（課長席に座る筆者）

は、営業課の営業係（長池正昭係長）から分離した第二営業係で、私は初代係長だった。

企画と制作の二部門に分かれていたが、制作は仲矢勝好さん（画家）の担当だった。昭和三十七年の機構改革で企画宣伝課になった。制作部門は、その後、制作室（仲矢室長）として独立した。

皆、若かったゆえもあるが、元気がよかった。脇田稔（元宮崎交通常務、都井岬観光ホテル社長）、小森正業（現南風荘社長）、本村浩美（俳号蛮、現宮交エアラインホテル専務）、松方健一郎（現宮崎交通観光社長）、藤野忠利（現代っ子センター主宰）の諸君をはじめ、多士済々で、毎日が本当に楽しかった。

今はもう亡き人となったが、「シャンシャン馬」を担当していた沖村貞誠さん（舞踊家）もいた。

何をやるにも自信満々で、はりきっていたのはよいが、私には、いつの間にか「田舎大名」というニックネームがつけられていた。命名者はバスガイドの猪八重敬子さん（大宮高校出身）だった。

うれしかったのは、昭和四十六年六月十五日、NHK教育テレビ「新経営時代・宣伝課長奮戦記」というタイトルで、三十分間、全国放送されたことである。企画宣伝課を一貫して流れていたものは「遊び心」であった。皆が紋付羽織袴で出社したこともあった。とにかく物好きな集団だった。

宮交シティ（上）――岩切省一郎社長の情熱実る

宮交シティがオープンしたのは、昭和四十八年の十一月二十三日である。私が宮交シティを担当するように命じられたのは、その三カ月前のことであった。

その前年に、私は入社以来十九年間の企画、広報、宣伝の仕事に終止符を打って、観光部副部長になったばかりだった。部長は神田橋優取締役だったが、すぐ事業本部副本部長に転出されたので、大きな世帯を預かって、責任の重さをひしひしと感じていた。

長期間の出張から帰った私を、営業担当の岩満栄策常務が待っていて、サウナに誘われた。「疲れたろう。一汗流して焼肉でも食べようか」と、いつになくやさしい。「何かあるな」と直感した。その通りだった。

「岩切省一郎社長が、どうしても君を今度できる総合センター（宮交シティ）にやれと言ってきかない。承諾したので行ってくれ」ということだった。

「でも、何も分かりませんが……」と、私は答えた。

とにかく社長に会えということで、翌日、社長室に行った。省一郎社長はにこにこして、「やあ、御苦労さん」と言った。「岩満常務に、『何も分かりませんが』と申し上げたのですが」と、私は切り出した。

「いいんだ、いいんだ。今まで君は観光でずっと人集めをやってきた。これからは総合センター（宮交シティ）に、どうして人を集めればよいかということだけを考えてくれ」

そう言って、社長はまたにっこり笑った。

省一郎社長の笑顔に、いつもコロコロとまいっていた私だったが、思わず「がんばります」と答えた。

宮交シティ建設に情熱を燃やした
岩切省一郎社長（大淀川小戸橋にて）

八月十五日、総合センター部長に発令された。

章太郎会長を立てて、あまり表立ったことをせずに遠慮していた省一郎社長だったが、宮交シティ建設の時は全く違っていた。自分の考えでグイグイと推し進めた。もちろん、直接担当したのは、松野義文取締役（後に常務。故人）であり、関正夫経営計画部長（現青島リゾート社長）の率いるプロジェクトチームだったが、省一郎社長は常に陣頭に立って指揮した。すさまじいばかりの情熱だった。

宮交シティ（中）――楽しさを添えて売る

宮交シティは、昭和五十七年に宮崎交通から独立した。社長は本社の岩満社長が兼務だったが、私は代表取締役専務に就任した。六十二年に社長になった。

宮交シティのキャッチフレーズは、「暮らしの喜びが生まれるところ、楽しさが大きくふくらむところ」である。私は、楽しさを添えて売るショッピングセンターに徹しようと思った。

キーテナントのダイエーは、「よい品をどんどん安く売る」だった。そのためチラシの宣伝に重点をおいていたが、宮交シティは、イベント中心の販促プロモーションを、重点的に展開していった。

イベントの持ち方について、私は三つの柱を立てた。一つめは、よそのマネをしない、オリジナルな企画であること。二つめは、物欲しそうな顔は一切しない。三つめは、マスコミが喜んで取材するような企画であること、以上であった。

それと、よそであまりカネをかけないようなところにカネをかける。たとえば、花である。シンボルゾーンのアポロの泉を、いつも四季色とりどりの花で飾りたいと思った。

オープン以来、好評だったいくつかのイベントを紹介すると、まず「西ドイツからやって来た動く人形のカーニバル」がある。精巧で可愛く、楽しくて、動く人形は宮交シティの名物になった。

柳家小三治や入船亭扇橋らを招いて、永六輔や小沢昭一の司会、進行で「アポロの泉寄席」も催した。

変わったイベントでは、秋分の日に催した「彼岸大法要」がある。比叡山延暦寺からお坊さんを呼び、アポロの泉に仏壇をこしらえて、読経や法話、抹茶の接

フランスの大シャンソン歌手イベット・ジローもアポロの泉で熱唱した

待などを行った。

えびの高原から初雪をトラック二台で運んできて、屋上で雪だるま作りや雪合戦をしたこともある。

思い出に残る最大のショーは、フランスの大シャンソン歌手イベット・ジローを招いて、アポロの泉で歌わせたことだった。

宮交シティ（下）――女性管理職の誕生

イベット・ジローを呼ぶことは、ＮＨＫを通じて交渉したが、世界的な大歌手が、果たしてショッピングセンターの、あの騒々しい雰囲気の中で歌ってくれるだろうかと心配だった。

「私は、舞台を選ばない」という返事がきた。

日本とフランスの国旗の前で、イベット・ジローは夫君の伴奏で熱唱した。終わって「こんなに大衆を身近かに感じて歌ったことはない」と挨拶し、エプロンがけや、買物袋を下げた主婦たちから拍手を浴びた。

宮交シティのお客様は、八〇パーセント以上が女性である。それなのに、女性の管理職がいないのはおかしいと、平成元年に生活文化室を作った時、女性室長を求めた。

年齢、既婚、未婚を問わない、学歴、職歴を問わない。日本語ができるなら国籍も問わない。明るくて、前向きで、気配りがあって、人間が好きでたまらない女性はいないかと探した。注文が多過ぎたのか、なかなか見つからなかった。幸いに、宮崎市役所の文化振興課長補佐をしていた森本雍子さんが手を挙げてくれた。女性室長第一号（現在は参與）が誕生した。

岩切章太郎氏は、いつも「思いきってやれ」というのが口ぐせだった。それと「心配するな、工夫せよ」だった。この二つの言葉は、私の精神的なバックボーンとなった。

岩切章太郎氏がめざしたものは、「一番」ではなくて「一流」であった。どん

いつも笑顔で、バスガイドにかこまれた
晩年の岩切章太郎翁（当時は相談役）

な小さなことでもよい。日本のモデルになるような一流の仕事をしようではないかと、いつも言い聞かせられていた。その夢とロマンが、私たちの心を奮い起たせた。

岩切章太郎氏が現れると、運転士もバスガイドも、社員がすぐにとり巻いた。あの笑顔がなつかしい。

考えてみると、宮交シティで私たちが実践してきたことも、源流はすべてが岩切イズムであり、その夢とロマンであった。「岩切章太郎氏なら、どうするだろうか」というのが物差しだった。

十一の章　友ありて、家族ありて

望洋五十六（いそろく）会——激動の時代をすごした頑張り屋たち

県立宮中を卒業（昭和23年）して、四十八年の歳月が流れた。旧制中学最後の卒業生で五十六回生である。同期生で「望洋五十六《いそろく》会」を結成した。初代会長は、長友貞蔵君（前宮崎市長。故人）で、今は、野村靖夫君（元県歯科医師会長）である。

望洋五十六会の特色は、団結心が強いということだ。

高校までをふくめると、六年間を弦月湖畔の母校で過ごした。戦時中は空爆にさらされながら、戦後は食糧難や物資不足を克服して助けあってきた。農作業や学徒動員で、同じ釜の飯を分けあって食べた仲間である。

長友貞蔵君が癌で倒れた時は、せめて生きている間に、彼の著書を世に送ろう

サントリー「同級生交歓」の新聞広告に出演した右から川越義郎、筆者、長友貞蔵、横山伊勢男先生、野村靖夫、検本良彦、湯浅四朗の五十六会メンバー

と奔走し、市長随想『冷や汁の味』を出版した。亡くなる一ヵ月前に届けたが、あの時の長友君の笑顔が忘れられない。長友君は農家の出身であることを誇りにしていた。

授業が終わると住吉村（現宮崎市）の自宅に走って帰り、黙々と農業をしていた。だから彼の手は、グローブのように大きかった。

しかし、『冷や汁の味』を受け取った時に見た長友君の手は、小さく細くなっていた。私たちは、涙を見せまいと、こらえるのに必死だった。激動の時代を過ごしただけに、頑張り屋が多かった。

前に紹介した後藤千秋君は労働省に入ったが、脱サラをめざして失敗、一時は日稼ぎ労働者までした。東京オリンピックの時、大林組の臨時職員募集の新聞広告を見て応募、現在は同社の専務である。

話題の人も多い。落合寛君は産婦人科医だが、日赤時代、女優佐久間良子さんの双生児をぶじ出産させてマスコミをにぎわせた。伊黒昭文君の作詞した『手のひらの歌』（寺原伸夫作曲）は、坂本九が歌って大ヒットした。明大野球部の投手で鳴らした堂園悦男君はいま住友通商の社長である。知事の息子だった西広整輝君（後に都中に転校。故人）は防衛次官になった。地元の演劇活動のリーダー矢野一誠君もいる。

「望洋五十六会」は、幹事長の川越義郎君（元県商工労働部次長、現日章学園高校福祉科長）を中心に、がっちり固まっている。心強い限りである。

えのき会――毎年盛大な誕生祝

「望洋五十六会」と並んで、私の心の支えになっているのに、親族の「えのき会」がある。

ルーツは渡辺岩次で、私の曾祖父である。

岩次には、辰五郎、英光、豊吉、義雄、章の五人の男子と、トク、ミチヱの二人の女子がいた。長男の辰五郎と、日露戦争で戦死した豊吉を除いて、男子はみな養子に行った。

英光は富高家、義雄は石井家、章は金丸家である。トクは矢野家、ミチヱは鹿児島家に嫁いだ。ほとんどが江平町に住んでいた。一の鳥居の横に大きな榎《えのき》の木があったので、「えのき会」と名付けた。

戦後、渡辺家と同じ江平町の荒川家（荒川岩吉が祖父辰五郎の従弟）とが合同で、毎年正月に新年会を、夏に運動会を開くことを決めた。発起人は、石井義雄と富高英光だった。

人数が多いので、新年会は持ち回りで大きな家を会場にした。金丸忠夫（金丸本店社長）宅、荒川岩吉宅、石井俊吉（元県出納長）宅ほか数軒だった。運動会は一ツ葉浜で行ったが、百数十人の参加があり、宮交のトレーラーバスを貸し切って行った。

昭和40年の「新春えのき会」もう３分の１が故人だが、年々新しい世代も増えている（宮崎観光ホテル旧檜の間にて）

新年会は、その後子どもたちも参加することになったので、会場を宮崎観光ホテルに移した。

運動会は途中で中止したが、新年会は今でも続いている。毎年一月三日で奇しくも私の誕生日である。お陰で毎年盛大な誕生祝いをしてもらっている。

「えのき会」もよく纏まっているが、女性は毎月欠かさずに、頼母子を兼ねて「いとこ会」を開いている。

荒川岩吉氏が宮崎市長選に出た時は、親族挙げて立ち上がった。県外からも帰って来た。二期目の時は、私は大学生だったが、角帽をかぶって応援した。公会堂や街頭で演説した。

「えのき会」のほかに、私が今住んでいる「もみじが丘の会」や、仲人をした「紫陽花《あじさい》会」、行きつけの店の「麻鳥会」、宮商PTA会長時代の役員有志の「姫会」（在学した子どもが全員女子だったので、姫と命名）など、みな宝物だと思っている。

故郷の空がある限り——夢を描きつづける

この連載もいよいよ最終回となった。長い間御愛読いただいて、心から感謝と御礼を申し上げたい。

たくさんのファン（？）レターも頂いたが、愛犬チロのことが書いてあるのが多かった。

中に「どうして、チロを連れて帰らなかったのですか」というのがあった。前にも書いたように、蜂谷小学校は離れ小島にあって、何の設備もなく殺風景だった。子どもたちがさびしいだろうと、父は釜山のドッグハウスから、チロを送ってもらった。

日南海岸堀切峠のフェニックス（昭和42年）。空に翔ぶようなフェニックスの元気をとり戻したい

学校の隣が校長公舎だったので、チロは私たち家族と、全校生みんなから可愛がられた。父の死後、私はチロを宮崎に連れて帰るように、母に頼んだ。しかし母は、蜂谷の子どもたちが可哀相だと言って許さなかった。後任の校長先生からも「チロは置いて行って」と頼まれた。そういうわけなので、どうかお許しをいただきたい。チロは蜂谷小学校のマスコットとして、卒業の記念写真には、いつも真ん中に座っていばっていたそうである。

いま私は、来る十一月二十三日の宮交シティ新生オープンに向けて、大きく胸をふくらませている。

私は、「楽しくなければ、ショッピングセンターではない」というのが持論である。

バスターミナルも、リゾートの玄関口にふさわしく明るく一新する。アポロの泉のほかに、愉快なガリバー広場も登場する。宮崎の子どもたちへのプレゼントだ。

どうか楽しみにしていただきたい。

今日も南国宮崎の空は、どこまでも青く、どこまでも広い。

この空を、郷土が生んだ作家の中村地平は、小説『南方郵信』の中で「紫陽花《あじさい》いろの空」と表現している。

紫陽花いろの空の下で、私は自分なりの夢を描いてきた。その青い画集は、まだ未完である。これからも見果てぬ夢を追いながら生きて行きたい。

故郷の空がある限り。

追　記 ――連載を終えて――

平成八年十一月十五日、宮崎日日新聞に七十回にわたって連載された〈空ある限り〉は終わりました。私は、それから八日後に控えた新生宮交シティのリニューアルオープンに向けて、忙殺されておりましたが、毎日のようにいろいろな方から、お電話やお手紙をいただきました。

「あっという間の七十回でしたね、もっともっと書いてほしかったことがいっぱいあります。機会があったらぜひ書き足してください」

宮崎交通の先輩M氏からのお電話でした。M氏の言われる通りで、青春時代のことはなつかしくてかなり詳細に書きましたが、私の人生の三分の二以上を占める宮崎交通に入社してからのことは、少し書き足らなかったような気がします。

特に先代社長岩切章太郎氏、二代社長岩切省一郎氏、三代社長岩満栄策氏の死については、悲しい思い出ではありますが、心境を書き綴っておくべきだったと思いました。

省一郎氏、章太郎氏の社葬の時の弔辞は、岩満栄策社長の指示で書かせていただきました。

「二度も弔辞を読むことになるとは」と下読みをしながら絶句し、涙をはらはらと流された岩満社長のあの悲痛な表情は、今も忘れられません。

章太郎氏との萩の茶屋誕生の際の逸話、夏の夜、えびの高原の野外ステレオ劇場で催した「スターライトコンサート」のこと、巨人軍キャンプを誘致した当時の話題なども、ぜひ書きたかったことの一つです。

私が観光副部長時代、桜島で修学旅行を見送っていたバスガイドが、船を追って走り、誤って港から海に落ちたエピソードなど、思い出すと涙が出ます。青島出身のそのバスガイドは、幸いに泳ぎが達者だったので、泳ぎながら船に向かって、白い手袋をかざして何度も何度も手を振ったのでした。船上は、どよめきの渦だったそうです。そんな話は、まだまだたくさんあります。

企画宣伝課長時代、私とコンビだった仲矢勝好さんが、後に、宮交シティのグランドホールに五年の歳月をかけてガリバー旅行記の大壁画を画いたときの苦労話もあります。その絵が、今宮交シティのガリバー広場を飾っています。どうぞご覧になってください。

宮崎商工会議所前会頭の日高安壮氏（故人）には、ずいぶん可愛がっていただきました。若輩の私が生意気な意見を吐くのを、目を細くして「うん、うん」と聞いてくださったあの温顔が、目の前に浮かんでまいります。

「アンチャン」のニックネームで親しまれた旧制宮崎中学時代の恩師、永田民夫先生の若かりし頃の思い出も尽きません。

「〈空ある限り〉は自分史なのに、家族の話が全然出てきませんね」と言われた方がありました。そうだったなあと、後で気がつきました。

教養課兼務の独身時代、バスガイドコンクールに出場した亀山智子（日南高校出身）を指導したのが縁で、社内結婚しました。父は亀山圭助、母はマツエで、日本パルプ（現王子製紙）日南工場の社宅に住んでいました。庭に緑がいっぱいあって、子どもたちを連れて日南に遊びに行くのが楽しみでした。

長男綱之は小児科医、二男康晃はテレビ局のディレクター、長女みさきはリゾートの営業企画を担当しています。三人の子どもが揃って宮崎に帰ってくれたことが、私にとって何よりの幸せです。二人の嫁（康子と智子）、二人の孫（綱之輔と華代）は、私の宝です。母三千江は八十七歳で、足が少し不自由で車椅子が必要ですが、今も健在です。

「川端康成先生のことが二回分では少ない。貴重な記録なので、十回くらいは書いてもよかったのではないか」と、麻鳥会のH氏やT氏からご指摘をいただきました。その通りだと思いましたので、「竜舌蘭」一〇〇号記念誌と一〇一号誌に〈川端康成と宮崎〉を書きました。これは、後にまとめて『夕日に魅せられた川端康成と日向路』として出版しました。

服部良一先生のことも書かせていただきましたが、ここでぜひご紹介したいのは、先生に『岩切章太郎の歌・不死鳥《フェニックス》よ永遠《とわ》に』を作曲していただいたことです。小戸わたるのペンネームで、私が作詞しました。

「先生、これはプライベートで作った歌ですから、作曲料をタダにしてください」と、お願いしましたら、「私は、タダでは仕事をしません」と怒られました。

結局、先生の好きな即席ラーメンを一箱、作曲料の代わりに差し上げましたが、先生は「タダでなければいいのです」と、にっこり笑って喜んでくださいました。

本当に欲のない優しい方でした。
その歌詞の一節を最後に付記して、「あとがき」にかえさせていただきます。
ありがとうございました。

日南海岸　海青く
えびの高原　星澄みて
湧く歌声は　旅人の
心に触れた　歓びか
大地に絵をかく　夢楽し
ああ　不死鳥《フェニックス》よ永遠《とわ》に　岩切章太郎

（この歌は、デューク・エイセスが歌って、岩切章太郎翁の霊前に捧げてくださいました。）

第二部　フェニックスの木陰

――岩切章太郎翁と宮崎

一、ワシントニアパーム

「南国宮崎」のイメージを聞くと、県民も旅行者も、かならず答えるのが、フェニックスであり、次がワシントニアパームです。フェニックスとワシントニアパームは、同じ椰子科の植物ではあるが全く違います。分かりやすく言えば、日南海岸の堀切峠はフェニックスであり、宮崎市の橘通りはワシントニアパームです。どちらも強く逞しい木で、元気な植物です。

かつては「台風銀座」と呼ばれた宮崎県ですが、風速七〇メートル以上の超大型台風が吹き荒れても、フェニックスやワシントニアパームが倒されたという話は、今まで聞いたことがありません。根が張って、しっかりした、そしてゴムのようにしなやかな木だからです。

フェニックスを日南海岸に植えたのは、宮崎交通の創設者であり社長だった岩切章太郎翁です。昭和の初めのことです。ワシントニアパームは戦後で、昭和三十年代に岩切翁が宮崎駅前通りの道路拡張に伴って、駅前の美観として植えました。

当時、ワシントニアパームは、宮崎にはまだ少なくて、離島を持つ鹿児島県から移入しました。かなり大きい木もありましたが、一メートル足らずの小さな木もあり、不揃いだったので、それを逆に生かしてひえつき節の音階にあわせて「民謡並木」にしました。岩切翁の抜群のアイデアです。

幸い、植栽工事によってワシントニアパーム再生事業が進められている

橘通りや、国道10号、220号のワシントニアパームは、国と県が協力して、当時では膨大な予算をかけて植えました。公共事業に景観が組み入れられたモデルケースとなりました。宮崎国体では、全国から集まった人たちに、スケールの大きい南国の景観が強烈な印象となったのです。

そのワシントニアパームの背が伸び過ぎて、維持管理にお金がかかるので、切るか切らないかが議論されていると聞いて、まさかと心臓が止まるほど驚きました。南国宮崎のイメージを全国に発信するために、ふるさとと愛に燃えた先達が、それこそ情熱を注いで植え、育て、守ってきたワシントニアパームを、お金の事だけで切ろうとするなど、全く夢も希望もない、知恵のない話ではないか。ただただ、理解に苦しむのです。

一度冷静に、ワシントニアパームの消えた宮崎の景色を頭に描いてみることです。後世に悔いを残さないようにと、祈るばかりです。

二、橘橋今昔物語

「高くない山波は川上へゆるやかに低くなってゆく。その低まりの果てに、日が沈みかけていた。橘橋の影が美しく水にうつっていた」

川端康成の小説『たまゆら』の一節にも出てくる宮崎市大淀川の橘橋、その歴史をふり返ってみましょう。

大正時代の橘橋

大淀川に初めて橋を架けたのは、明治十三年太田町の福島邦成（退庵）で私費二〇〇〇円を投じて完成させた。ところが賃取橋であったため、市民は「退庵は大きな箸（橋）で飯を食い」と狂歌を作ってからかったといいます。

宮崎交通が初めて乗合バスを運行したのは、大正十五年五月だが、その頃の橘橋は、公共のかなりしっかりした木橋ではあったが、昭和二年八月の台風の大水害で流失した。この時は、上流の高松橋や下流の赤江橋の一部も流されて、宮崎市は完全な交通麻痺状態になりました。

国や県は、昔の渡し舟を復活させたり、唯一残った日豊線の列車の鉄橋を歩くことを許可したり、南宮崎駅（当時は大淀駅）と宮崎駅の区間を無料で乗車できる

昭和30年頃の橘橋

ようにしたり、いろいろな処置をしたが、とにかく大変でした。

熊本の陸軍工兵隊二四〇名が出動して、流された橘橋の下流に、わずか六〇日間で木橋の仮橋（本町橋）を完工し、ようやくバスも開通しました。

そういうことで、木橋は台風のたびに流されるので、鉄筋コンクリートの永久橋が計画され、昭和七年四月に九州一の名橋といわれた五代目橘橋が完成したのです。

太平洋戦争中は、アメリカ空軍の集中爆撃を受けて、何度か大破したがすぐ修理され、戦後もずっと持ちこたえて、市民の足を守った立派な橋だった。川端康成が大淀川の美しい夕日と共に、その美観を讃えた橘橋は、この橋です。

しかし、この名橋も交通量の急速な増加と台風による大洪水に対処するため、二六億円余をかけて新しい現在の六代目橘橋に生まれ変わりました。昭和五十四年六月に、四車線化されて開通しました。

五代目橘橋の優美な姿に別れを惜しむ市民の声を受けて、宮崎交通の岩切省一郎社長が別れの橋渡りをしようと「橘橋さようならの会」を計画し、多数の市民が、かわいい保育園の鼓笛隊を先頭に橋を渡って、名残を惜しみました（昭和50年2月）。

橋の北詰東側に黒い石に刻まれた立派な「橘橋」の文字があります。誰が書いたのか、これまで分からなかったが、実はこれは宮崎観光の父岩切章太郎翁の貴重な楷書の字でした。

国道事務所が記念にと何度も頼みに行ったが辞退され、最後に「名前を出さなくてもよいのなら」とやっと引き受けてもらった。その仲介に当たった当時の宮崎市芸術文化連盟事務局長の俳人山下淳氏が、『私の岩切さん』（MRT編集・鉱脈社発行）に書き残しています。

橘橋は、悠久の流れであるあの大淀川と共に、県都宮崎市の顔であり市民の誇りです。橘橋よ永遠なれ、と願わずにはおられません。

三、凌《りょう》雲《うん》松《まつ》

青葉若葉の美しい六月一日、宮崎公立大学で「開学二〇周年記念式典」が催されました。私は三月まで、学長特別補佐役をしていましたので、式典終了後の懇談会で、スピーチを頼まれました。

私は、「凌雲松と岩切章太郎」という話をしました。というのは、公立大学は宮崎大学教育学部の跡地に建てられましたが、もともとは宮崎師範学校があった所です。男子師範と女子師範がありました。

師範学校のグラウンドの真向かいは、県立宮崎中学校でした。現在の宮崎大宮高校の前身で、明治二十一年（1888）に創立されました。

その宮崎中学校に、宮崎交通の創業者であり、今も宮崎観光の父と慕われている岩切章太郎翁が、明治四十一年（1908）に入学しました。

正門の西に、「凌雲松」という高い大きな松の木がありました。現在の公立大学正面の向かい側の場所です。

昔の県立宮崎中学校。右手の校舎の上奥に「凌雲松」の先端がちょっぴり見える。現在は宮崎公立大学正門の向かい側にあたる。

中学一年生の章太郎少年は、その立派な姿に、心を打たれました。

毎朝登校すると、まずその松の木の前に行き、大きく深呼吸をしながら、しげしげと見上げていました。ある朝、気がつくと後ろに、和服を着た国語の野田先生が立っておられました。

「岩切君、いつもこの松の木を見上げているが、なにかワケがあるのかね」

「はい。私はこの松の木の堂々たる姿が大好きです。眺めているだけで心が洗われ、すがすがしい気持ちになります」

「そうか、そうか。いや、君もきっとこの松のような立派な人間になるよ。しっかりがんばるんだね」

そう言って、野田先生はにっこり笑って、章太郎少年の肩をポンポンと叩かれました。

公立大学は、平成十七年に学内に地域研究センターを設置し、その時、館名が募集され、在学生の一人が応募した「凌雲館」が採用されました。

私は喜びました。あの岩切章太郎翁が少年時代に憧れた凌雲松、公立大学の正門前にあったその松にちなんで、名付けられたとばかり思ったからです。

だが、そうではありませんでした。応募した学生の全く新しい発想でした。

私は、その偶然性に驚いたのです。

公立大学の大学祭は、いま「凌雲祭」です。大学の愛唱歌椿歌（ツバキウタ）にも、「そびえる山並み凌雲の…」など、凌雲の文字が各章節に出てきます。

公立大学は、開学二〇周年を記念して、英国スコットランドの名門、スターリング大学と、学術交流協定を結びました。世界に向かって大きく羽ばたこうとしています。まさに、凌雲の勢いです。

岩切章太郎翁が、少年時代に目を輝かせて見上げた松の姿は、もう今はありませんが、あの東北大地震の一本松のように、公立大学生の心に深く、新たな夢と希望になって生き続けることでしょう。

四、紺の制服

平成二十五年五月八日、この日は宮崎交通の観光バスガイドのOGたちにとって、忘れられない一日となりました。

そうです。その日は宮崎観光の父・岩切章太郎翁の生誕一二〇周年という記念すべき日でした。

橘公園（市役所東側）の一角に、岩切章太郎翁の銅像が立っていることは皆さんよくご存じでしょう。その銅像の前で、昔のバスガイドたちが集まって、なつかしい白い襟の紺の制服を着て、フェニックスハネムーンや思い出のスカイライン、納涼バスの歌など、宮崎観光全盛期の頃の歌を声高らかに歌おうという夢が、とうとう実現したのでした。

全国から帰ってきたバスガイドOGたちが銅像の前に集まりました。その中には遠く東京から駆けつけた高野早苗、長倉明子、吉村慶子、草薙文子、小田切南津、大阪からの六車良子さんたちもいました。昭和三十一、三十二年の入社組で

宮崎交通バス
ガイドの容姿

七五三にもバスガイドの制服が登場

す。

紺の制服は、宮崎交通から二十三着お借りしました。帽子も、腕章も白い手袋も全部揃いました。そして希望者二十三人に着てもらいました。なんと全員ピッタリと着ることができて、思わず歓声があがりました。

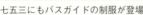

紺の制服は、昭和二十九年ですから、もう五十九年も前のことですが、宮崎市で南国宮崎大博覧会が催された年に、制定されました。それまでも制服は、バスガイドだけでなく、乗合バスの車掌さんも全部紺の制服でしたが、博覧会を機会に、デザインを一新しようということになったのです。

当時社長だった岩切章太郎翁から労務部長の鬼塚豊さんと、教養課長の愛甲重吉さんの二人が、社長室に呼ばれました。そして、「宮交らしい、宮崎らしい、バスガイドたちが胸をはって、誇りを持って着るような制服にするように」と指示されました。

鬼塚豊さんは、梵丹という俳号を持つ飯田龍太門下の俳人として、市民文化賞も受賞し有名になった方ですが、たいへん真面目で、一本筋の通った気骨のある人物でした。

社長から指示を受けたその日から、寝ても覚めても、紺の制服のことばかり考えつづけました。一番悩んだのは、白い衿でした。それまでの衿は、制服にぴったり付いていました。鬼塚豊さんは、その衿を何枚も作って、いつも取り替えて清潔に美しく着用できないかと考えたのです。そしてチューリップの花のように、やわらかく広げることはできないかと思ったのです。そして、今の衿が実現したのです。その白い衿を、宮交に入社したその日から五十六年ぶりに胸につけて三十二年入社組の山本純子、前田順子さんの二人は思わず涙ぐみました。

笠井洋子、黒木房子、鴨田志津子さん、他の後輩たちも「先輩！　昔のままよ。少しも変わっていないわよ」と拍手を送りました。

こうして、岩切章太郎翁生誕一二〇周年の行事は、たくさんの市民の皆さんに見守られて、澄みわたった紺碧の大空と、燦燦と降り注ぐ太陽の光の下で、明るく楽しい歌声を響かせて、盛大に終了したのでした。

五、人工の美

「フェニックスの木蔭」の番組に出るようになって、いろいろな方から質問を受けます。例えば、「渡邊さん、岩切イズムを一言で表せば？」

「それは、自然の美、人工の美、人情の美です」

すると、「自然の美と人情の美は分かります。でも人工の美とは？」

そうです。これはよく説明をしなければ分からないと思います。

「岩切章太郎翁の言う人工の美とは、まず南国宮崎です。フェニックスやワシントニアパームを、日南海岸などに植えたことです」

続いて答えます。「その次は、花の宮崎です。一番いい例が生駒高原のコスモスではないでしょうか」

そして、「味の宮崎です。岩切翁が最初にとりあげたのが、冷や汁です。すり鉢に貝の杓子を添えて、なかなか趣がありました」。

建物も、すべてが、「絵になるように美しく！」でした。宮崎空港ビルは、飛行機の翼の形が生かされました。

宮崎交通本社（昭和37年建築）

昭和四十年、日本建築業協会賞を受賞して、話題になりました。

えびの高原ホテルは、バックの韓国岳の稜線にあわせて設計され、緑の山や森に映える赤い屋根が印象的でした。

そして、コバルトブルー、タイル張りの宮崎交通本社です。大淀の町のシンボルでした。残念ながら会社再生のため売却され、とりこわされましたが、記念にタイルの一枚でもと、市民が殺到した時にはみな涙、涙でした。

周囲の町並みにマッチしたその美しい面影は、今も私たちの心に生き続けています。

宮崎空港ビルの正面を飾るブーゲンビリア

六、宮崎ブーゲンビリア空港

全国に募集していた宮崎空港の愛称が「ブーゲンビリア空港」に決まり、その報告の講演会が宮崎空港ビル翼会の主催でMRT会館で行われました。

空港をブーゲンビリアで飾ろうと、これまで努力してこられた空港ビル社長の長濵保廣さんが、こんな話を披露されました。

空港ビルの初代社長である岩切章太郎翁は、昭和四十年代から、花の空港をめざして、ブーゲンビリアを空港やいろいろな場所へ植えてこられましたが、気候風土が合わないのか、なかなか育つことができませんでした。ところが、平成二年に新ターミナルビルを建設し、玄関口や周辺に、小さなブーゲンビリアをたくさん植えてみたら、すくすくと育ち、いっぱい花を咲かせました。その時、宮交ＯＢで岩切翁の下で花の宮崎を作るために頑張ってこられた倉永章雄《あやお》さんが、以前、医大（現宮崎大学医学部）病院に入院していた岩切翁をお見舞いに行ったら、「夕べな。夢の中で観音様に、ブーゲンビリアのことをお願いしたら、『まかせておきなさい』と言われたよ」と、うれしそうに語られたというのです。

その話を感慨深く講話された長濵社長は万感胸に迫る思いの様子でしたが、聴いていた私も思わず涙ぐみ、しみじみとなりました。

七、郷土愛に生きた棟良《とうりょう》さん

六月二十五日、宮崎観光の風雲児と呼ばれ、郷土愛に生きた佐藤棟良さんが亡くなりました。九十六歳でした。

棟良さんが、宮崎の観光開発に乗り出したのは、昭和四十一年、大淀川畔にホテルフェニックスをオープンしたのが、スタートでした。

昭和三十六年、宮崎交通が東京銀座の旭洋ビル（佐藤棟良社長）に東京事務所を

いつも笑顔の棟良さん

開設した時、私は初めて棟良さんにお会いしました。

それから数年後、大淀川畔の紫明館という、昭和天皇もお泊まりになった由緒ある料亭を関西の私鉄が買収してホテルにするという話がありました。

大淀川は、宮崎観光の生命線です。県外資本から守らなければと、立ち上がったのが棟良さんでした。

棟良さんは、日南市北郷町の出身ですが、関西で新進の事業家として、注目されていました。

これは、後に棟良さんから直接聞いた話ですが、この時、岩切章太郎翁から「宮崎に帰ってきてくれないか」と声がかかり、最初は、「観光は素人ですから」と断られたそうですが、「君には、郷土愛はないのか」と言われ、決心したということでした。

それからの棟良さんの郷土宮崎に尽くされた大きな足跡の数々は、もう語るまでもありません。

リゾート法第一号の指定を受け、故郷宮崎を世界の宮崎にしようと決意され、シーガイアの構想を次々に発表、幾多の困難を乗り越えて、見事に実現されました。

棟良さんが亡くなって、私は、夜空に輝いていた大きな星が、すうっと消えて行ったようなさびしさを感じます。ただただ、御冥福をお祈りするばかりです。

八、川端康成の眼

岩切章太郎翁は、宮崎観光の講演をするときは、かならず〝川端康成と「たまゆら」〟について触れていました。

昭和四十四年九月八日に、宮崎市民会館で催された宮崎県観光協会主催の「自然の美 人工の美 人情の美」と題する講演会の速記録から、その一部をご紹介いたします。

《川端さんが、あの原稿（たまゆら）を書くために、三日泊まられる筈であった。ところが観光ホテルに泊まって、あの部屋から見た大淀川の景色がとても気に入った。殊にあの大淀川の夕映えを見てこれは何というすばらしい夕映えかと、すっかり気に入ってしまった。それで、とうとう十五日間もおられた。ＮＨＫの方がなんとか早く川端さんを出発させないと、原稿が間にあわないから、早く出発されるようにして下さいという位でございました。

川端さんがすっかり気に入ったものですから、あの「たまゆら」のはじめには、橘公園が、またか、またかというほど出たわけでございます。皆さんは、大淀川の夕焼けを御覧になられましたか。（中略）これは、本当に立派な夕焼けで、なるほどこれなら川端さんが腰をすえて、宮崎にいた筈だと、思っていただくだろうと思います。》

好評だった「川端康成の眼」
展覧会のポスター

宮崎県立美術館が開館二〇周年を記念して開催した、「川端康成の眼　川端コレクションと東山魁夷の展覧会」は、同館で昨年十月三十一日から十二月六日まで開かれて、一万人近くの入場者を集め、宮崎県民に大きな感動を残しました。

アンケートを見せていただきましたが、どれも絶賛の声で埋めつくされていました。

川端康成の眼に焼きついたのは、東山魁夷の絵だけでなく、宮崎の自然であり、人情であり、古事記の昔にさかのぼる歴史でしたが、何よりも岩切翁が語るように、大淀川のすばらしい夕映えでした。

しみじみと、故郷宮崎に生きる喜びと幸せを感じます。

九、青春時代の岩切章太郎

岩切章太郎は、明治二十六年（一八九三年）五月八日に宮崎市中村町三丁目三番地で、父岩切與平、母ヒサの長男として生まれました。

九人兄弟でした。家は呉服商で、紙、糸、織布、石油業なども営み、地方の素封家として知られていました。

與平は五一歳で若死にしましたが、晩年は宮崎軽便鉄道（南宮崎～内海間、ＪＲ日南線の前身）の創立者として、活躍しました。

章太郎は、少年の頃、体が弱く、小学校（大淀小）も休みがちで、中学校の受験を断念して高等小学校に進学し、二年遅れて旧制の宮崎中学（現大宮高校）に入学しました。合格した時は断トツの一番で卒業するまで首席で通しました。

中学に入ってからは、健康を回復し、体も大きくなって、柔道も相撲も大将でした。

当時、宮中からは成績の優秀な者は、七高（鹿児島）か、五高（熊本）に進学していましたが、章太郎は一高（東京）を選び、一度でパスして、県民を驚かせました。

一高から東大の政治科に進みましたが、卒業の時、前に宮崎県知事だった有吉忠一神奈川県知事を訪ねて、「私は地方で働く」と宣言し、「民間知事のような仕事をしたい」と相談しました。

有吉知事は、宮崎に帰るにしても、しばらく東京で社会人としての勉強をした方がいいと説得し、日本三大財閥の一つであった住友総本店を受験しました。

面接の時に、「私は住友に入っても、三年たったら宮崎に帰るつもりです。それまで勉強させてください」と言って、並居る重役をあきれさせた話は、今も語り草です。それでも合格して、三年半働き、宮崎に帰りました。

章太郎の青春時代で、忘れられない話があります。

それは、伊豆の土肥港で起こった「愛鷹丸事件」です。一高時代、章太郎は宮中、一高、東大の二年先輩である平島敏夫さん（後の参議院議員）と、正月に伊豆一周の徒歩旅行に出かけました。土肥の港から船に乗って帰るつもりでしたが、時間があったので旅館の近くを散歩しました。「宮崎屋」という茶店があったので、名が懐かしいと休憩しました。そのため旅館の夕食に遅れ、途中で港に行こうとしたら、若い女中が「御飯を全部食べてから出発してください」と泣くように引き止めたため、船に乗り遅れてしまいました。その船が愛鷹丸で、沖に出て沈没し、乗船客がほとんど死亡するという大惨事になったのです。

一高時代に友人たちと。
後列左が岩切章太郎

章太郎翁は、「もし、あの時、女中が引き止めてくれなかったら」と、思い出しては、しみじみと語っていました。

十、永六輔さんの思い出

永六輔さんとの貴重な写真

この写真は私がたった一枚持っている、今は亡き永六輔さんと二人で写った貴重な写真です。

永さんとは、五十年前、昭和四十一年からずっと親しくおつきあいさせていただきましたが、こうして二人だけで撮らせてもらったのは、一枚だけです。というのも永さんは、宮崎に十回ほど来ておられますが、少しもジッとしていないで、いつも忙しく走り廻っていましたので、写真を撮る余裕など、本当になかったのです。

五十年前の初夏、永さんは何の前ぶれもなく、ひょっこりと宮崎交通本社の企画宣伝課に、

「ややあ」と、訪ねて来られました。

明るいシャツに短パン、サンダル履きで、手には大きな買物袋を下げていました。沖縄からまっすぐに来たということでした。

NHKの朝の連続テレビ小説「たまゆら」が終わって、間もなくの時でした。聞けば、東芝レコード企画での「日本の歌シリーズ」の仕事で、全国を飛び廻っているとのこと。各県一曲ずつ歌を作るが、作詞を永六輔、作曲は中村八大といずみたくが交代で、歌はデューク・エイセス（宮崎出身の谷道夫さんほか）のコーラスに決まっているということでした。

宮崎の歌は、全く白紙ということでしたので、私はさっそく永さんをタクシーに乗せて、日南海岸へと走りました。

最初に着いたのは、こどものくにでした。正門の前で、ばったり岩切章太郎会長にお会いしました。

永六輔さんに初めて会った岩切会長は大喜びで、入口の上の掲示板を指しながら、「ここは、こどものくにですから、おとな券はありません。みんなこどもになって、こども券を買っていただくのです」と、説明をされました。

掲示板には、次のように書いてありました。
《おじいさんも
おばあさんも
おとうさんも
おかあさんも
おにいちゃんも
おねえちゃんも
今日はみんな
こどもになって
こども券を
お買い下さい》
永さんは思わず、「すばらしい」と、大きな声をあげました。そして、岩切会長に「ありがとうございます」と、深々と頭を下げられたのです。
「フェニックスハネムーン」の歌は、この時、こどものくにや堀切峠、サボテン公園を訪れた印象から生まれました。

永さんは全国どこに行っても、「日本に岩切さんが十人、いや百人欲しい」と、話して廻られました。

宮崎では、ニシタチ丸万本店の鶏のもも焼きと、宝来軒のラーメンがお気に入りでした。写真は、宝来軒の女将廣山美代子さん（右端・故人）と、隣組の桐山直さん（左端・故人）、恵美さん御夫婦です。宝来軒は、サンシャインスタジオ前のお店です。

宝来軒の店前で永六輔さん（中央）と。右端が女将の廣山美代子さん（故人）。左の二人は隣組の桐山さんご夫妻。

永さんは、宮崎市が制定した「岩切章太郎賞」の選考委員長をはじめ、雑誌「じゅぴあ」の出版記念講演会、大宮高校ジャーナル会の集い、串間市本城の「六輔農園」のいも掘り大会など、いろいろな行事に喜んで出席していただきました。ただただご冥福をお祈りするばかりです。

十一、昭和のこどものくに展

「懐かしき昭和のこどものくに」展が、宮崎市宮田町のコンサート&ギャラリー「オードリーハウス」（代表土持孝博さん）で、宮崎交通などの協力で開かれています。

びっくりするのは、昭和の時代、皇室をはじめ、政界、財界、芸能界など、こどものくにを訪れた著名人の多いことです。

昭和天皇をはじめ、当時の皇太子の明仁親王殿下、美智子妃殿下、高松宮、三笠宮、義宮、島津貴子さんのハネムーン旅行や、川端康成、檀一雄、岡本太郎、永六輔、浅利慶太、

昭和37年５月、こどものくにで皇太子殿下と美智子妃殿下を御案内される岩切章太郎会長と、観光バスガイドの上条（旧姓楠）光子さん

中村扇雀・扇千景夫妻、岸首相、福田首相や歴代の経団連会長など、次々に来園しました。そのスナップ写真（こどものくに写真部石井正敏さんの撮影）が、所狭しと展示されて、まさに圧巻です。

新婚旅行のメッカといわれた観光宮崎の全盛期でした。

それにしても、こどものくにの建設から運営に、すべての情熱を注がれた岩切章太郎翁の見果てぬ夢とロマンが、今も生き生きと偲ばれます。

本当に、よき時代でした。

十二、岩切翁と三つの博覧会

岩切章太郎翁は、博覧会が好きでした。昭和の初めから戦後にかけて、宮崎市で、三つの大きな博覧会を手がけました。

最初は、昭和八年（一九三三）の「祖国日向産業博覧会」でした。大淀川畔の河川敷で催されました。

本館だけでも、千二百坪もあり、全国的にも例を見ない、立派な会場でした。

この博覧会にあわせて、「全国市長会議」が、宮崎市で開かれましたが、出席者全員が、宮交の遊覧バスに乗って、鵜戸神宮などの聖地めぐりをしました。

この時の日向乙女の純情で優しい案内ぶりが話題になり、「日本一」と賞賛され、たちまち全国的に有名になりました。

二回目は、昭和十五年（一九四〇）の紀元二千六百年を奉祝して催された「日向建国博覧会」です。

十月五日から十二月五日まで、二カ月間開催され、全国から見学者が殺到し、大成功でしたが、建物の建設にお金がかかり過ぎて、大赤字になりました。岩切翁は、岩切家が所有していた山林を全部売り払って、個人でその穴埋めをした話は、語り草です。

昭和29年に開催した「南国宮崎大博覧会」のテーマ塔

三回目が、戦後の昭和二十九年（一九五四）の「南国宮崎大博覧会」です。

岩切翁は、大阪にあった極東航空を誘致して、民間航空路を開設、これがいまの全日空へと発展しました。

十三、皇室とともに歩《あゆ》んだ昭和

岩切章太郎翁の昭和は、まさに皇室と共に歩んだ昭和でした。

天皇、皇后両陛下、常陸宮さま、秩父宮、高松宮、三笠宮をはじめ宮崎の新婚旅行ブームに火を点《つ》けた島津久永、貴子さまなど、皇室が御来宮になると、いつもぴったりと寄り添って、笑顔で親しく、こどものくにや、日南海岸、えびの高原などを御案内する岩切翁の姿がありました。

新春にはいつも宮崎の花をお届けし、お花の好きな美智子さま（皇后）も、たいへん楽しみにしておられました。

皇室のお話や思い出を語る時の岩切翁は、本当に喜びがあふれ生き生きと輝いていました。

天皇陛下と皇后が皇太子、妃殿下の時代に、宮崎でハネムーンを楽しまれた時には、えびの高原の赤松千本原で、都城市の熊襲おどりを御覧に入れ、ごいっしょに笑い転げられたこともなつかしい思い出です。

十四、フェニックスのある風景

日南海岸といえば、そうです！　フェニックスですね。宮崎の県の木は？　そうです。フェニックスです。

フェニックスは、わが故郷宮崎県のシンボルです。

県庁の正面玄関に植えてあるのもフェニックスです。

宮崎県は、どこに行ってもフェニックスが目立ちます。

『南国宮崎』と呟いただけでも、目に浮かぶのは、「フェニックス」です。

フェニックスの景色で、一番代表的なものは、やはり、何と言っても、日南海岸の堀切峠でしょう。これには、誰も異存がない筈です。

ポスターでも、観光のパンフレットでも、映画でも、テレビでも、堀切峠のフェニックスが、どれだけ登場したことでしょうか。

橋公園のフェニックス。昭和30年代。堤防も低くて、橋橋と大淀川が絵のように美しい

堀切峠のフェニックス。フェニックスの葉陰から眺める鬼の洗濯板が強烈

その堀切峠のフェニックスを植えた人は？　そうです。宮崎県民なら、もうみんな知っていますね。宮崎観光の父、岩切章太郎翁です。

それでは、いつ頃に植えられたのでしょうか。

私が宮崎交通に入社した時に聞いた話では、一九三六年（昭和十一年）と記憶しています。昭和十一年といえば、戦前ですね。日中戦争が始まる前年です。

岩切翁が作ったフェニックスの名所は、日南海岸だけではありません。橘公園、こどものくに、宮崎空港など、など。いっぱいあります。

上の写真は宮崎交通の資料室から拝借

しましたが、だいたい昭和三十年代後半のものです。フェニックスの木蔭から眺めた鬼の洗濯板が強烈な印象ですね。橘公園の堤防も低くて、昔の橘橋と大淀川が絵のように美しい！　本当になつかしい写真です。

私共は、今更のように、宮崎観光の父・岩切章太郎翁の偉大な足跡に、驚嘆するばかりです。

「大地に絵をかく」は、岩切イズムを象徴する翁の代表的な言葉です。

翁は、フェニックスを植えることで、まず「南国宮崎」のイメージを作りました。次にめざしたのが、「花の宮崎」でした。三百六十五日花のある町宮崎が、実現しました。

夢は、「匂いの宮崎」「味の宮崎」と広がって行きました。

それは、観光宮崎の永遠の見果てぬ夢です。

あとがき

〝よおしっ〟と、私はこぶしを突き上げて、喜びを表した。

鉱脈社の川口敦己社長から、私の旧著『空ある限り』を再刊すると、電話があった時のことである。

平成八年の十一月十五日まで、宮崎日日新聞に、七十回にわたって連載された、この自分史は、お蔭で好評だった。

バスの車内で、見知らぬ中年の女性から、「毎朝が楽しみです」と、声をかけられたり、ラーメン屋の親爺さんから、「お客さんが、おもしろいと話題にしていますよ」と言われたりして、本当にうれしかった。

その後、編集者の小崎美和さんから連絡があって、私が、サンシャインエフエムの広報誌に連載した、岩切章太郎翁の思い出ばなし、「フェニックスの木陰」も加えて、内容を充実させたいとのこと。願ってもないことだ。

このたびの再刊を、一番楽しみにしているのは、誰でもない。この私であった。

本書の第一部は宮崎日日新聞の連載「空ある限り（１９９６年9月4日から11月15日）」をまとめて一九九七年五月に発行された『空ある限り』の第一部を元本に、補筆修正したものです。第二部は宮崎サンシャインＦＭのフリーペーパー誌「ＯＮＡＩＲ」の連載（２０１４年 新年号から２０１２年 10～12月号）をまとめたものです。

協力／宮崎交通株式会社
宮崎サンシャインＦＭ

[著者略歴]

渡辺綱纜（わたなべ　つなとも）

昭和６年１月３日生まれ、宮崎市出身。昭和18年宮崎市立江平小学校卒業、昭和23年宮崎県立宮崎中学校卒業、昭和24年宮崎県立宮崎大宮高等学校卒業、昭和28年中央大学法学部卒業。同年宮崎交通株式会社に入社、企画宣伝課長、観光部副部長、昭和48年宮交シティ創業準備のために総合センター部長、昭和52年取締役、昭和54年常務取締役、昭和57年株式会社宮交シティ設立により同社代表取締役、平成11年同社常任顧問を最後に宮崎交通グループを離れる。同年宮崎産業経営大学経済学部観光経済学科教授、平成17年退任。宮崎市社会福祉協議会会長、宮崎学術振興財団理事長、宮崎ケーブルテレビ株式会社監査役、雲海酒造株式会社顧問、宮崎市芸術文化連盟会長、宮崎県芸術文化協会会長、九州文化協会副会長、宮崎公立大学理事兼学長特別補佐役。

平成18年すべての役職を離れ（宮崎産業経営大学客員教授は留任）、現在は岩切イズム語り部として、執筆、放送（宮崎サンシャインFM）をライフワークとしている。

〈著書〉『紫陽花いろの空の下で』（昭和48年　炎の会）、『アポロの泉に咲く花は』（昭和58年　皆美社）、『大地に絵をかく』（昭和61年　皆美社）、『翔べフェニックス ── 見果てぬ夢の彼方へ』（平成８年　鉱脈社）、『空ある限り』（平成９年　宮崎日日新聞社）、『みやざき21世紀文庫　紫陽花いろの空の下で』（平成11年　鉱脈社）、『マヤンの呟き』（平成17年　鉱脈社）、『夕日に魅せられた川端康成と日向路』（平成24年　鉱脈社）。

［住所］
〒880-0951　宮崎市大塚町竹下520-25
☎0985-47-2506（FAX兼用）

空ある限り 29

――岩切章太郎翁と歩みきて

二〇一八年十月十五日印刷
二〇一八年十一月三日発行

著　者　渡辺綱纜©
発行者　川口敦己
発行所　鉱脈社
〒八八〇―八五五一
宮崎市田代町二六三番地
電話〇九八五―二五―一七五八

印刷 製本　有限会社　鉱脈社